임영기 新무협 판타지 소설
FANTASTIC ORIENTAL HEROES

대사부 11
임영기 新무협 판타지 소설

초판 1쇄 찍은 날 § 2010년 9월 13일
초판 1쇄 펴낸 날 § 2010년 9월 20일

지은이 § 임영기
펴낸이 § 서경석

편집팀장 § 서지현
편집 § 주소영 · 어정원

펴낸곳 § 도서출판 청어람
등록번호 § 제1081-1-89호
등록일자 § 1999. 5. 31
어람번호 § 제2-1979호

주소 § 경기도 부천시 원미구 심곡2동 163-2 서경B/D 3F (우) 420-822
전화 § 032-656-4452 팩스 § 032-656-4453
http://www.chungeoram.com
E-mail § chungeoram@chungeoram.com

ⓒ 임영기, 2009

ISBN 978-89-251-2295-3 04810
ISBN 978-89-251-2031-7 (세트)

※ 파본은 구입하신 서점에서 교환하여 드립니다.
※ 저자와 협의하여 인지를 붙이지 않습니다.
※ 이 책은 도서출판 청어람과 저작자의 계약에 의해 출판된 것이므로,
  무단 전재 및 유포 · 공유를 금합니다.

대사부
大邪夫

FANTASTIC ORIENTAL HEROES
임영기 新무협 판타지 소설

천신황제(天神皇帝)

目次

제114장	쌍봉선의 위기	7
제115장	무한겁별	33
제116장	태자 이반	67
제117장	죽이고 또 죽이고	91
제118장	합공의 소용돌이	117
제119장	무한겁별주	145
제120장	생존자	177
제121장	극적탈출	201
제122장	천신국(天神國)	231
제123장	민들레	257
제124장	애타는 모정(母情)	291

第百十四章

쌍봉선의 위기

대사부

쌍봉선은 제남으로부터 백오십여 리 하류인 청성현(靑城縣)까지 내려와 있었다.
 풍림각주 염섭으로부터 아직 황일교 포구에 돌아오지 말라는 전서구가 날아왔기 때문이다. 포구에 울고수와 울군사들 수천 명이 깔려 있다는 것이다.
 염섭이 보낸 서찰에는 쌍봉선이 되도록 제남성과 멀리 떨어져 있으면 좋겠다는 내용도 적혔었다.
 그러나 소옥군 등은 기개세 일행이 너무 걱정된 나머지 제남성하고 너무 멀리 떨어져 있을 수가 없다는 데에 모두 만장

일치로 동의했다.

하지만 울고수와 울군사들이 언제 이곳까지 들이닥칠지 몰라서 조마조마한 마음을 떨치지 못한 채 경계에 만전을 기하고 있었다.

울고수와 울군사들은 쌍봉선을 찾고 있는 것이 분명하다. 황일교 포구 근처에서 소형선 세 척을 침몰시키고, 사십여 명의 울군사들을 죽였으니 당연한 일이다.

어쩌면 기개세 일행의 일이 잘못된 것일지도 모른다. 그래서 그들을 잡으려고 이 난리를 피우는 것일 수도 있다.

그렇다면 더더욱 황일교 포구를 멀리 벗어날 수가 없다. 기개세 일행이 돌아왔을 때 쌍봉선이 없다면 얼마나 당황하겠는가. 또한 갈 곳이 없어서 헤맬 것이 분명하다.

그런데 그 이후 염섭의 전서구는 다시 날아오지 않았다. 별일이 없는 것인지, 아니면 다른 일이 생긴 것인지 소옥군 등은 초조하기 짝이 없는 상태에서 애태우고 있었다.

태문주와 천부인, 불도주께선 이곳에서 안전하게 쉬고 계십니다. 태문주께선 대부인과 다른 부인들 염려 때문에 이곳을 벗어나지 못하고 계시니, 부디 대부인께서 먼저 쌍봉선을 이끌고 동해를 통해서 남경성으로 가시라고 말씀하셨습니다.

염섭.

서찰을 다시 한 번 읽고 난 지옥잔별주는 굳은 얼굴로 나직이 중얼거렸다.

"조자원을 습격하여 수하들을 죽인 자들이 태문주와 천부인, 불도주였다는 것은 아무리 생각해도 뜻밖이로군."

염섭이 쌍봉선에 보낸 전서구의 서찰이 지옥잔별주의 손에 쥐어져 있다.

그 전서구가 지옥잔들의 눈에 띈 것이 실수였다. 그들이 전서구를 잡는 것쯤은 별로 어려운 일이 아니었다.

지옥잔별주는 조자원을 급습한 침입자를 추격하는 과정에서 제남울군둔에 머물고 있는 오백 명의 지옥잔들을 모두 불러들였다.

또한 제남성뿐만 아니라 산동성에 있는 울고수와 울군사들을 총동원했다.

그 수는 무려 오만여 명에 달했고, 현재 그들은 제남성을 겹겹이 포위하고 있는 상태였다.

지옥잔별주가 쌍봉선으로 가는 전서구를 손에 넣은 것은 사시(巳時:아침 10시) 무렵이다.

서찰의 내용을 읽은 그는 지옥잔 오백오십여 명과 오만여 명의 울고수, 울군사로는 천검신문의 태문주 일당을 상대하는 것이 부족하다고 판단했다.

그래서 그는 태자 이반에게도 급보를 알렸고, 무한겁별과 수라쾌별을 모두 동원하라고 이반에게 청했다.

그 청이 받아들여져서 현재 태자 이반이 직접 무한겁별과 수라쾌별을 이끌고 전속력으로 제남성을 향해서 오고 있는 중이었다.

이반은 북경성을 출발하면서 지옥잔별주에게 전서구를 보냈는데, 거기에는 단 한 줄만 적혀 있었다.

태문주의 여자들이 타고 있는 배를 확보하라.

지옥잔별주는 태문주 일행이 아직 제남성 내에 있다고 굳게 믿고 있었다.

왜냐하면 쌍봉선으로 가는 전서구의 서찰에 '태문주와 천부인, 불도주께선 이곳에서 안전하게 쉬고 계십니다' 라는 내용이 적혀 있었기 때문이다.

* * *

정오 무렵, 기개세는 완전히 천신기혼을 회복했다.

아미는 천신기혼을 일으켜서 스스로 상처를 치유하고 있는 중인데, 거의 끝나가고 있었다.

기개세는 이곳 풍림각에 도착하자마자 제일 먼저 독고비를 치료해 주었다.

그 자신이 완전하지 않은 상태이기 때문에 급한 대로 그녀의 응급처치만 했다.

천신기혼이 회복되지 않은 상태에서 독고비를 치료하면 시간은 더 오래 걸리고 기개세 자신은 더 지치게 된다.

그래서 그는 자신이 완전히 회복한 후에 독고비를 제대로 치료하려고 일단 응급처치만 해준 것이다.

기개세와 아미, 독고비는 풍림각 삼층의 방 한 칸에 함께 있었으며, 바닥에 삼각형을 이룬 상태로 서로 마주 보고 가부좌를 틀고 앉아 있었다.

독고비는 운공조식을 하는 것이지만, 기개세와 아미는 그렇지 않다.

두 사람이 천신기혼을 회복하는 과정을 굳이 설명하자면, 마치 불가나 도가에서의 참선(參禪)과 비슷하다.

공력이라는 것이 없고, 또 그것을 단전에 축적하지 않으므로, 단지 단정하게 앉아서 참선을 하는 것만으로 허비된 천신기혼을 다시 생성시킬 수 있는 것이다.

천신기혼을 완전히 회복한 기개세는 천천히 몸을 일으키면서 독고비에게 치료를 시작하자고 심어를 보냈다.

그러자 잠시 후에 독고비가 운공조식에서 깨어나더니 속

쌍봉선의 위기 13

곳까지 모두 벗어 전라의 몸이 된 후 바닥에 반듯한 자세로 누웠다.

오른쪽 젖가슴 바로 아래에 검에 찔린 상처와 아랫배에 비스듬히 베인 상처가 있다.

두 개 다 매우 깊은 상처이지만 응급처치 덕분에 더 이상 악화되지 않았다.

또한 한나절 동안 독고비가 끊임없이 운공조식을 한 덕분에 약간 좋아진 상태다.

반듯하게 누워 있는 독고비의 몸은 두 군데 상처가 있음에도 눈부시게 아름답고 늘씬하면서도 풍만했다.

기개세의 여자들이 모두 다 그렇듯이, 독고비도 그의 앞에서 나신이 되는 것을 조금도 부끄러워하지 않는다. 오히려 그가 봐주기를 갈망하고 있다.

기개세는 그녀 옆에 단정한 자세로 앉은 후에 오른쪽 젖가슴 아래 찔린 상처를 치료하기 시작했다.

치료라고 해야 복잡할 것이 없다. 단지 그의 손에 천신기혼을 일으켜서 상처 부위를 덮고 부드럽게 쓰다듬으면서 천신기혼을 주입시키는 것이 전부다.

그렇게 하면 천신기혼이 체내의 상처를 접합하고 이어 붙이는 것은 물론이고 살갗에 난 상처의 흔적까지도 말끔하게 없애준다.

그러나 그것은 오직 천족만이 할 수 있는 치료법이다. 더구나 천신족인 기개세의 치료법은 어느 누구도 흉내 낼 수 없는 경지에 이르러 있었다.

독고비는 편안한 상태에서 지그시 눈을 감은 채 움직이지 않고 가만히 있었다.

욱신거리던 상처 부위에 싸아— 한 기운이 스며들면서 기분이 점점 상쾌해지기 시작했다. 상처가 치료되고 있는 것을 생생하게 느낄 수 있을 정도다.

그녀는 상처 부위로 주입된 기개세의 천신기혼이 상처만 치료하는 것이 아니라 자신의 천신기혼과 어울려서 그것을 활성화시켜 주고 있다는 사실을 깨달았다.

기개세는 치료뿐만 아니라 이 기회에 그녀의 천신기혼까지 생성, 단련시켜 주고 있는 것이다.

독고비는 중상을 입은 몸인데도 불구하고 지금 한없이 행복하다고 느꼈다.

그리고 기개세가 자신의 목숨보다 훨씬 더 소중하고, 그가 없이는 한순간도 살 수 없다는 생각이 들었다.

'예전에는 이런 것도 모른 채 뭘 쫓으면서 어떻게 살았는지 모르겠어.'

그녀는 행복에 겨워서 속으로 중얼거렸다. 뭐라고 설명할 수도, 측량할 수도 없을 만큼 거대한 사랑과 행복이 존재한다는 사실을 예전에는 까맣게 모르고 살았었다.

그래서 지금 생각하면 기개세를 알기 이전, 아니, 그와 부부지정을 맺은 이전의 삶이 얼마나 무미건조했는지 소름이 끼칠 정도다.

그때로 돌아가라고 하면 목숨을 걸고 버틸 것이다. 그러는 것은, 기개세와 함께 있을 수 없다는 뜻이 아닌가.

그것은 절대로 있을 수 없는 일이다. 그녀에게 기개세는 호흡과 같다. 사람이 숨을 쉬지 않고 어떻게 살 수 있겠는가.

문득 그녀는 기개세가 앉아 있는 쪽 손을 살짝 움직여 보았다. 그러자 그의 무릎 아래쪽이 손등에 닿았다.

손을 들어 그의 무릎에 얹었다가 가만히 그의 무릎과 허벅지를 쓰다듬었다.

그렇게 하니까 쌍방의 느낌이 교차되는 듯해서 한결 기분이 좋아졌다.

사랑하는 사람의 몸을 만진다는 것, 부둥켜안는 것, 그리고 한 몸이 되는 것, 그보다 더한 행복은 없다는 것이 현재 그녀의 생각이었다.

기개세는 약 한 시진에 걸쳐서 독고비의 상처를 말끔히 완치시켜 주었다.

그녀가 천신족이기 때문에 치료가 한결 쉬웠다. 보통 사람이었으면 서너 시진 이상 걸렸을 것이다.

그런데 치료를 끝냈는데도 독고비는 일어나지 않았다. 그녀는 아직도 가부좌의 자세로 눈을 감은 채 앉아 있는 아미를 힐끗 보고 나서 기개세를 말끄러미 바라보았다.

기개세는 이미 그녀의 생각을 읽었다. 그녀는 막간을 이용해서 한차례 정사를 하고 싶은 것이다.

떡 본 김에 제사 지내고, 앉은 김에 쉬어간다고, 그녀는 벗은 김에, 그리고 기개세의 손길을 느껴서 몸이 뜨거워진 김에 그와 한 몸이 되고 싶어졌다.

기개세는 빙그레 미소를 지으며 벗어놓은 그녀의 옷을 집어들었다.

그러자 독고비는 그의 허벅지에 얹었던 손을 재빨리 미끄러뜨려서 그의 음경을 살며시 잡고 가만히 어루만졌다.

그리고는 금세 단단해진 그의 것을 꼭 잡고 더욱 간절한 눈빛으로 바라보았다.

그녀가 정사를 원하는 데에는 두 가지 이유가 있다.

첫째는 무조건 정사가 좋기 때문이다. 온몸이 녹아버리고, 하늘을 둥실둥실 떠다니는 것 같은 그 황홀한 기분은 요즈음 그녀가 가장 좋아하는 것이 돼버렸다.

둘째는 되도록 정사를 많이 해서 하루빨리 천신족의 완전한 면모를 갖추고 싶기 때문이다.

아미는 기개세와 정사를 많이 하면 할수록 천신기혼이 생성되고 일깨워지며 왕성해진다고 말했었다.

아미가 참선을 마칠 때까지는 아직 시간이 있으므로 기개세는 옷을 훌훌 벗고 독고비의 나신 위에 몸을 밀착시켰다. 그도 정사가 싫지 않다.

아니, 매우 좋아한다. 하물며 독고비가 먼저 하자는데 한 번 사양하는 것으로 족하다.

독고비는 기다렸다는 듯이 그를 껴안으며 깊이 받아들였다.

푸드득!

한 마리 전서구가 제남성 번화가에 위치한 풍림각 삼층 창을 통해서 날아들었다.

무심히 전서구를 받아 든 염섭은 표정이 급변했다. 전서구의 발목에 묶인 대롱 안에는 서찰이 들어 있지 않았다. 하지만 그것 때문에 염섭이 놀란 것은 아니다.

풍림각에는 수십 마리의 전서구를 키우고 있는데, 모든 전서구에는 각기 고유의 표시가 있다. 목덜미에 여러 가지 색으로 숫자를 표기해 둔 것이다.

그런데 그 표시로 미루어 지금 염섭의 손에 잡혀 있는 전서구는 풍림각에서 키우는 전서구가 분명했다.

또한 이 전서구는 사시(아침 10시) 전에 쌍봉선으로 날려 보낸 전서구가 틀림없다.

한데 그 전서구가 다시 돌아왔다. 발목에 찬 대롱에 아무런 서찰도 들어 있지 않은 채 말이다.

쌍봉선에서 풍림각에 알려야 할 것이 있어서 이 전서구를 되돌려 보냈을 수도 있다. 그렇다면 대롱에 서찰이 들어 있어야 한다.

대롱에서 서찰이 빠지는 경우가 있기는 하지만 매우 드문 일이다.

염섭은 이 상황을 서찰이 빠졌다고 봐야 할지, 아니면 또 다른 사태가 발생한 것으로 봐야 할지 잠시 고심했다.

그러나 그는 곧 고개를 세차게 흔들고 전서구를 쥔 채 기개세를 향해 달려갔다.

결정은 태문주가 하는 것이다.

기개세와 아미, 독고비는 풍림각 일층으로 향하는 계단 위를 나는 듯이 쏘아 내려갔다.

염섭이 갖고 온 전서구를 본 기개세는 그것이 적의 계교라고 간파했다.

즉, 적이 전서구를 잡아서 서찰을 읽어본 후에, 전서구를 다시 날려 보내서 그 뒤를 추격하여 풍림각까지 왔을 것이라는 판단이었다.

원래 잡혔다가 풀려난 대부분의 전서구는 원래 가던 목적지를 향해서 날아가게 마련이다.

그렇다면 전서구는 당연히 자신의 목적지인 쌍봉선을 향해서 날아갔을 것이다.

즉, 적들에게 쌍봉선의 위치를 친절하게 가르쳐 주었을 것이라는 뜻이다.

그런데 그 전서구가 자신의 집인 풍림각으로 되돌아왔다는 것은 또 하나의 사실을 증명하고 있다.

적이 쌍봉선을 제압한 후에 다시 전서구를 날려서 집으로 되돌아가게 하고는 그 뒤를 추격해 왔을 가능성이다. 그리고 불행히도 그 가능성은 매우 높다.

쌍봉선에서 전서구를 무사히 받았으며, 이후에 답장을 보냈는데 도중에 대룡의 서찰이 빠졌다고 생각한다면 간단할 수도 있다.

하지만 그게 아니라면, 사태는 걷잡을 수 없을 정도로 엄청난 것이 된다.

그리고 기개세는 후자일 것이라고 판단한 것이다.

[멈춰!]

막 주렴을 걷고 나가려는 아미의 뒷덜미를 기개세의 심어가 낚아챘다.

아미와 독고비 둘 다 기개세의 생각을 읽기 때문에 구태여 심어를 발하지 않아도 되지만 워낙 다급한 터라 기개세는 반사적으로 심어를 보냈다.

아미는 기개세보다 한발 늦게 적들이 풍림각을 향해서 몰려오고 있는 것을 감지했다.

그리고 독고비는 아미보다 조금 늦게 기개세의 생각을 읽고 그 사실을 깨달았다.

세 사람은 주렴 앞에서 즉시 몸을 돌려 다시 계단을 쏘아 올라갔다.

서로의 생각을 읽기 때문에 세 사람은 한 사람이 움직이는 것처럼 일사불란했다.

풍림각이 영업을 하는 곳은 이층까지다. 삼층은 염섭과 천라고수들의 거처이며, 가끔 귀빈들이 내왕했을 때 사용하는 거처가 있을 뿐이다.

눈 깜짝할 새에 삼층까지 올라온 기개세와 아미는 청각을 돋우어 적들의 동태를 살폈다.

잠시 후 두 사람의 얼굴빛이 흐려졌다. 풍림각의 전후에서 적들이 빠르게 다가오고 있는 기척을 감지한 것이다.

불행하게도 쌍봉선으로 가던 전서구는 중간에 적의 수중에 들어갔다가 이용당한 것이 분명해졌다.

그렇지 않다면 전서구가 날아든 지 얼마 지나지도 않아서 적들이 풍림각을 목표로 삼고 똑바로 쏘아오고 있을 리가 만

무하다.

 풍림각의 앞쪽은 대로고, 뒤쪽은 골목이다. 그리고 좌우는 다른 점포들이 사람 한 명 들어갈 틈도 없이 붙어 있다시피 한 상태다.

 그때 헐레벌떡 기개세 일행을 따라온 염섭은 그들의 행동을 보고 어떻게 된 상황인지 대충 짐작했다.

 그는 그 자리에 부복하여 이마를 바닥에 짓찧었다.

 "주군! 속하의 실수 때문에 이런 지경에 이르고 말았습니다. 벌을 내려주십시오."

 그러나 염섭은 이내 스르르 몸이 일으켜지면서 펴졌다.

 그는 기개세가 무형지기로 자신을 일으켜 세웠다는 사실을 깨닫고 당황해서 어쩔 줄을 몰라 했다.

 [어쩔 수 없는 일이다. 개의치 마라.]

 기개세의 심어가 염섭의 머릿속을 울렸다.

 엄밀히 따지면, 전서구가 적의 수중에 들어간 것은 염섭의 잘못이 아니다.

 쌍봉선에 전서구를 보내라고 한 사람은 기개세다. 그는 적이 전서구를 수중에 넣을 것이라고는 예상하지 못했었다.

 더구나 전서구를 죽이지 않고 손에 넣어서 다시 이용할 줄은 꿈에도 몰랐다.

 전서구를 산 채로 잡은 자는 지옥잔별주일 것이다. 지옥잔들은 그럴 만한 능력이 없다.

[적들이 몰려오고 있다. 우리가 나가기 전에 어서 너희부터 뒷문으로 빠져나가라.]

풍림각 뒷골목으로 오고 있는 적들이 아직 수십 장 밖에 있다는 것을 감지한 기개세가 염섭에게 심어를 전했다.

염섭은 눈을 크게 뜨고 기개세를 바라보았다. 하늘같은, 아니, 그보다 더 엄청난 존재인 태문주가 자신들 같은 하찮은 것들까지 신경 써준다는 사실이 그를 감동시켰다.

적들이 몰려오고 있는 것은, 전서구가 풍림각으로 날아오는 것을 따라왔기 때문일 것이다.

그렇기 때문에 기개세 일행이 빠져나가고 나면 풍림각에 남아 있는 염섭과 천라고수들이 위험해진다.

아니, 그들은 필경 제압되어 큰 곤욕을 치르다가 죽음을 맞이하게 될 것이다.

그런데 기개세는 지금 그것을 염려하고 있는 것이다.

[내가 지켜보고 있을 테니까 너희는 되도록 멀리 도주하여 성민들 틈에 섞이도록 해라.]

기개세의 심어에 염섭은 감격에 겨워 어찌할 바를 몰라 했다.

기개세 자신들도 한시가 급한 상황인데, 염섭 등을 지켜봐 준 이후에 풍림각을 떠나겠다는 것이다.

"주군……."

염섭의 눈에서 뜨거운 눈물이 흘러내렸다.

[빨리 서둘러라. 너희가 빨리 움직여 줄수록 우리에게도 유리하다.]

염섭은 기개세에게 진심에서 우러난 큰절을 올리고 싶었지만 그러지 못했다.

그보다는 촌각이라도 서두르는 것이 기개세를 위하는 길이기 때문이었다.

성민들의 평범한 옷으로 갈아입은 염섭과 천라고수들이 풍림각 뒷문으로 빠져나갔다.

그와 동시에 앞문으로는 손님들과 주방에서 일하는 사람들이 우르르 쏟아져 나갔다.

염섭이 풍림각을 나가기 전에 손님들에게 오늘은 영업이 끝났다고 말했고, 주방에서 일하는 사람들에겐 열흘 동안 휴가를 주었기 때문이다.

만약 염섭과 천라고수들이 아무 조치도 취하지 않고 풍림각을 빠져나간다면 주방의 사람들과 손님들은 큰 곤욕을 치르게 될 것이다.

풍림각이 천검신문의 제남성 거점이라는 사실을 알게 된 울제국이 실낱같은 단서라도 찾아내기 위해서 그들을 가만히 놔두지 않을 것이기 때문이다.

기개세가 염섭과 천라고수들을 배려했듯이, 염섭 등은 주방의 사람들과 손님들을 배려한 것이다.

골목의 폭은 불과 일 장이다. 그곳을 염섭을 비롯한 여섯 명의 천라고수들이 한쪽 방향으로 전력을 다해서 쏘아갔다.

그들은 풍림각에서 웬만큼 벗어나면 성민인 것처럼 태연하게 거리로 나설 것이다. 하지만 풍림각 근처에서 얼쩡거리는 것은 위험하다.

풍림각 뒷문 밖 골목은 양쪽으로만 곧게 뻗어 있는데, 염섭 일행이 달려간 방향은 오른쪽이었다.

그때 전력으로 달려가던 염섭 일행이 멈칫했다. 앞쪽에 양쪽으로 갈라진 골목 좌우에서 울고수 십여 명이 불쑥 나타난 것이다.

염섭 일행은 급히 뒤돌아보았다. 풍림각 뒷문을 지난 골목 끝 쪽에서 역시 울고수 십여 명이 달려오는 광경이 보였다.

염섭 일행은 전진하지도, 되돌아가지도 못하는 진퇴양난의 상황에 처하고 말았다.

[가던 길로 계속 달려라.]

그때 기개세의 심어가 염섭 일행 여섯 명의 뇌리를 울렸다.

다음 순간 염섭 일행은 전면을 가로막은 십여 명의 울고수들을 향해 저돌적으로 부딪쳐 갔다.

염섭 일행은 평복으로 갈아입었기 때문에 무기도 지니고 있지 않다.

차창! 창!

울고수들은 자신들을 향해 돌진해 오는 염섭 일행을 쏘아 보면서 재빨리 무기를 뽑아 들었다.

그러나 염섭 일행은 조금도 멈추지 않고 더욱 속력을 내서 전면만을 주시하며 달렸다.

그때 문득, 가장 앞서 달리고 있는 염섭은 뒤쪽에서 쏘아오는 번뜩이는 한 줄기 빛살이 자신의 머리 위를 지나쳐 전방을 향해 쏘아가는 것을 얼핏 발견했다.

그 순간 그의 눈앞에서 믿어지지 않는 광경이 벌어졌다.

퍼퍼퍼퍽!

그의 머리 위를 스쳐 지났던 한 줄기 빛살이 갑자기 여러 줄기로 나누어지는가 싶더니 한순간에 십여 명의 울고수들 미간을 모조리 관통해 버린 것이다.

쿠쿠쿠쿵!

전방의 울고수 십여 명은 한 명도 남김없이 모조리 그 자리에 거꾸러졌다.

염섭과 천라고수들은 움찔 놀라 부지중 급히 멈췄다. 극도의 놀라움이 그들의 얼굴에 가득 떠올랐다.

염섭이 뒤돌아보자 천라고수들도 따라서 뒤돌아보았다.

그리고 그들은 풍림각 뒷문 조금 못 미친 좁은 골목에 역시 십여 명의 울고수들이 포개져서 쓰러져 있는 광경을 발견하고 더욱 놀랐다.

염섭은 풍림각을 쳐다보았다. 그러나 기개세는커녕 그의 그림자조차 보이지 않았다.

하지만 그는 골목 양쪽 이십여 명의 울고수들을 죽인 것이 기개세라는 사실을 너무도 잘 알고 있었다.

바람이 눈에 보이지 않아도 느낄 수 있는 것처럼, 기개세가 자신들을 지켜보고 있으며 보호하고 있다는 사실을 생생하게 느낄 수가 있는 것이다.

[모두 놀랄 것 없다. 주군께서 우릴 보호하고 계신다. 계속 가자.]

염섭은 수하들에게 전음을 보내며 힘차게 내달리기 시작했다. 그 뒤를 천라고수들이 나는 듯이 따랐다.

퍽!

풍림각 삼층이 뚫리면서 무언가 흐릿한 물체가 수직으로 허공을 향해 치솟았다.

기개세와 아미, 독고비다. 염섭 일행이 안전한 곳으로 피한 것을 확인하고서야 풍림각을 벗어나려는 것이다.

지붕을 뚫고 허공 이십여 장까지 솟구친 기개세 일행은 동북쪽으로 방향을 잡고 쏘아가기 시작했다.

그쪽 방향은 황하의 하류로써 쌍봉선이 있을 것이라고 짐작하기 때문이다.

그는 쌍봉선이 적에게 발각되었더라도 배에 타고 있는 사람들이 쉽사리 제압되지 않았을 것이라고 생각했다.

아니, 어쩌면 그렇게 믿고 싶은 마음 때문인지도 모른다. 그래서 황하 강변에서 하류로 내려가면서 쌍봉선을 찾아보려는 것이다.

그렇게 하면, 쌍봉선이 아직 적들과 싸우고 있거나, 아니면 제압되어 끌려오더라도 눈에 띌 것이라는 생각이었다.

"저기닷!"

"추격해라!"

지상에서 기개세 일행을 발견한 적들이 다급하게 외쳐댔다.

기개세가 힐끗 아래를 굽어보자 울고수와 울군사들이 거리와 지붕을 새카맣게 뒤덮은 채 그가 날아가는 방향으로 쫓아오고 있었다.

울고수들은 경공을 발휘해서 제법 빠른 속도인 데 비해서 울군사들은 뒤로 축축 처졌다. 그러나 울고수라고 해도 기개세 일행을 추격할 수는 없다.

지옥잔의 모습은 보이지 않았다. 그게 좀 께름칙했으나 나타난다고 해도 지상에서 이십여 장 높이로 날아가고 있는 기개세 일행을 어떻게 할 수는 없을 것이다.

기개세는 왼팔로 독고비의 허리를 안고 있었다. 그리고 아미는 혼자 날면서 기개세의 오른팔을 잡고 있었다.

그렇다고 독고비가 순전히 기개세에게만 의존하고 있는 것은 아니다.

그녀 나름대로 천신기혼을 발휘하고 있기 때문에 기개세로서는 그다지 힘이 들지 않았다.

풍림각을 출발한 세 사람은 열 호흡 만에 제남성을 벗어나서 계속 동북쪽으로 쏘아갔다.

뒤돌아봐도 울고수나 울군사의 모습은 한 명도 보이지 않았다. 추격하지 못하는 것이 당연하다.

하지만 울고수와 울군사는 성내에만 있는 것이 아니다. 성 밖에도, 그리고 기개세가 쏘아가는 앞쪽에도 부지기수로 깔려 있었다.

그들은 기개세 일행을 발견하자마자 전력으로 추격해 왔다. 자신들에게 추격할 능력이 있건 없건 상관하지 않고 죽을 힘을 다해서 쫓아왔다.

현재 기개세의 능력으로는 이 상태로 한 시진 정도 비행할 수가 있으며, 거리로는 오백여 리다.

그것이 가능한 이유는 바람 때문이었다. 지상의 바람과 고공(高空)의 바람은 근본적으로 다르다.

지상에서 미풍이 불면 고공에선 강풍이 분다. 또한 높을수록 바람은 더욱 거세진다.

지상에 아무리 바람 한 점 없다고 해도, 고공에는 바람이 불게 마련이다.

높은 하늘에 바람이 없다는 것은, 바다에 물이 없다는 것이나 다름이 없다.

지상에는 언덕이나 산 같은 장애물이 있지만 고공에는 없기 때문이다. 또한 바람이 만들어지는 곳이 고공인 탓이다.

일단 고공에서 몸을 최대한 가볍게 해서 바람을 타기만 하면 어풍비행술(馭風飛行術)을 전개하는 것은 그다지 어렵지 않은 일이었다.

일류고수의 상급에 속하는 정도라면 고공에서 바람을 타고 빠르게 몇 리 정도 나는 것은 충분히 가능한 일이다.

하지만 문제는 어떻게 바람을 탈 수 있는 고공까지 상승하느냐는 것이다.

일류고수의 상급에 속하는 고수라고 해도 수직으로 오륙 장 남짓 도약하는 것이 고작이다.

그래서는 어풍비행술을 시작하는 것조차 어렵다. 일단 고공에 올라와야지만 어떻게든 되는 것이다.

또한 고공의 바람은 강하면서도 빠르다. 그 말은 결국 고공에서 어풍비행술을 전개하면 빠를 수밖에 없다는 뜻이다.

하지만 지금 기개세와 아미가 전개하고 있는 것은 어풍비행술이 아니다.

단지 그것과 비슷할 뿐이다. 천문에서 배우는 것은 능력이지 무공이 아니다.

그러므로 '천문의 절학'이라는 말은 '천문의 능력'이라고 바꿔 말해야 옳다.

기개세 일행은 제남성을 벗어나서 십여 리 정도 더 비행하다가 아미는 혼자 방향을 꺾어 서북쪽으로 날아갔다.

아미는 기개세의 손을 놓고 멀어지면서 뒤돌아보며 예의 순진무구한 미소를 방그레 지어 보였다.

[언니, 조심해요.]

기개세의 품에 안긴 독고비는 멀어지는 아미를 보면서 심어를 보냈다.

아미는 다시 한 번 돌아보면서 독고비에게 미소를 지었다.

그녀는 황일교 포구로 가는 것이다. 그곳에 쌍봉선이 있는지 확인만 하고 다시 동쪽으로 날아와서 기개세와 합류한다는 계획이었다.

第百十五章

무한검별

대시부

저 멀리 전방 아래쪽에 누런 물결이 넘실거리는 바다처럼 거대한 황하가 보였다.

기개세의 마음은 초조했다. 하지만 예전 천문에 가기 전의 성격처럼 안달복달하는 조급한 초조함은 아니다.

그 당시에는 무슨 큰일이 벌어지면 머릿속이 텅 비고 가슴이 먹먹해서 아무것도 생각하지 못한 채 그저 허둥거리기만 했었다.

하지만 지금은 전혀 그렇지 않다. 아무리 큰일이 닥쳐도 당황스럽지 않다.

머리는 얼음물 속에 담가져 있는 것처럼 차고 명료하며, 어떻게 해야 할 것인지 여러 가지 방법들이 미리 준비되어 있었던 것처럼 머릿속에 나열된다.

그러면서 단지 가슴으로 누군가에 대한 염려를 한다. 머리는 이성이고 가슴은 감성이기 때문이다. 그는 태문주의 머리를 갖게 되었으나 가슴은 아직도 인간이다.

지금 기개세가 걱정하고 있는 것은 쌍봉선에 있는 사람들의 안위다.

그가 도착할 때까지 쌍봉선에 아무 일도 없다면 천만다행이지만, 이미 상황이 끝나 버린 후라면 그 충격을 어떻게 감당할지 상상하는 것만으로도 가슴이 먹먹해진다.

쌍봉선에 아무 일도 없거나, 아직 싸우고 있는 중이라면 기개세가 어떻게라도 해볼 수가 있다.

하지만 그게 아니라면 손을 써볼 방법이 없게 되는 것이다.

지금 그가 할 수 있는 일은, 최대한 빠른 속도로 날아가서 쌍봉선을 찾는 것이다.

그때 문득 기개세는 어떤 기척을 느끼고 아래를 굽어보다가 가볍게 눈살을 찌푸렸다.

그의 시야에 흑의를 입은 고수들이 지상으로부터 솟구쳐 오르고 있는 광경이 가득 들어왔다.

기개세는 그들이 지옥잔들이라는 것을 한눈에 간파했다.

지옥잔들은 기개세가 날아가고 있는 전방과 후방, 그리고 좌우에서 마구 솟구쳐 오르고 있는 중이었다.

기개세는 지옥잔들이 단번에 이십여 장을 솟구쳐 오를 것이라고는 믿지 않는다. 그렇기 때문에 대체 그들이 어쩌려는 것인지 궁금했다.

솟구쳐 오르고 있는 지옥잔의 수는 대략 사백여 명이다.

기개세가 굽어보고 있는 사이에 그들은 지상에서 십이삼 장 높이까지 치솟고 있었다.

그 정도를 단번에 솟구칠 수 있다는 것은 그들이 일류고수 상급을 훨씬 능가하는 수준이라는 뜻이었다.

하지만 기개세는 거기까지가 그들의 한계일 것이라고 짐작했다. 더 이상은 무리다.

과연 그들의 한계는 지상으로부터 십이삼 장까지였다. 하지만 그들은 기개세가 전혀 예상하지 못했던 방법을 사용했다.

십이삼 장까지 솟구쳐 오른 그들은 갑자기 한 명의 지옥잔이 다른 지옥잔의 발바닥을 손바닥으로 떠받치더니 힘껏 위로 던지듯이 밀어 올리는 것이 아닌가.

그리고 보니까 지옥잔들은 지상에서 솟구칠 때부터 두 명씩 짝을 이루고 있었다.

십이삼 장까지 솟구쳐서 더 이상 솟구칠 수 없는 상황에 이르자 두 명 중에 한 명이 다른 한 명을 더 높이 밀어 올리는 방법을 사용한 것이다.

기개세로서는 추호도 예상하지 못했던 기발한 방법이 아닐 수 없었다.

"대가……."

그 광경을 보고 놀란 나머지 독고비가 심어가 아닌 육성으로 중얼거렸다.

슈욱! 슉! 슈우!

이백여 명의 지옥잔들이 사방에서 기개세보다 더 높이 솟구쳐 올랐다. 처음에 솟구친 사백여 명 중 절반이다.

퍼뜩 정신을 차린 기개세는 거센 바람을 타고 둥실 위로 치솟았다.

지옥잔들보다 더 높이 솟구치려는 것이다. 그래야지만 그들의 합공에서 벗어날 수 있기 때문이다.

쏴아아!

그런데 그때 기개세보다 더 높이 솟구쳤던 지옥잔들이 일제히 공격을 개시했다.

역시 합공이다. 얼마 전 낙성검가에서 오륙십 명의 수라쾌들이 펼쳤던 것과 비슷한 형태였다.

하지만 지금은 그때보다 네 배 가까이 많은 이백여 명의 합공이다.

더구나 수라쾌보다 두 배 고강한 지옥잔들이다. 그러므로 그때보다 여덟 배 더 강력한 합공이라고 봐야 한다.

[천첩도 싸우겠어요.]

그때 독고비가 빠른 어조로 말하고 나서 품속에서 비단 띠를 꺼내더니 자신의 허리를 두르고 있는 기개세의 왼팔을 풀었다.

이어서 그가 만류할 사이도 없이 기개세의 허리띠와 자신의 허리띠를 하나의 비단 띠로 질끈 묶었다.

비단 띠의 길이는 반 장 남짓. 두 사람이 너무 멀리 떨어지지 않은 상태에서 적을 상대하기에는 딱 적당한 거리다.

수라쾌 오륙십 명의 합공보다 여덟 배나 막강한 지옥잔들의 합공은 솔직히 기개세에게 지나치게 버거운 게 사실이었다.

그런 상황에서 한 팔로 독고비를 안고 보호까지 하게 되면 절반의 능력밖에 발휘하지 못하게 된다.

그것은 곧 지옥잔들의 합공이 두 배 이상 강력해진다는 사실을 의미하는 것이다.

그러나 독고비가 분리됨으로써 기개세는 큰 부담을 덜게 되었다.

아니, 독고비가 한 역할을 해줄 것이다. 지옥잔들이 합공하는 십방(十方) 중에서 독고비가 최소한 이방(二方) 정도는 막을 수 있을 것이다.

 그렇더라도 상대는 여전히 막강하다. 지옥잔 이백여 명의 합공은 마치 거대한 폭풍 같을 것이다.

 쿠우우―

 기개세보다 더 높이 솟구쳤던 이백여 명의 지옥잔들이 비스듬히 내리꽂히면서 퍼붓는 합공은 처음 시작했을 때보다 훨씬 더 거세졌다.

 그들은 허공에서 도를 뽑아 쥔 채 사지를 활짝 벌리고 대열을 정렬하면서 하강했다.

 '이십 열(二十列)!'

 기개세는 이백여 명의 지옥잔들이 이십 개의 줄을 형성한 것을 발견하고 움찔했다.

 한 사람 뒤에 약 아홉 명 정도가 있는데, 그냥 뒤에 있는 것이 아니라 조금 위쪽에 있다. 그러므로 마치 사람의 탑[人塔]처럼 보였다.

 뒤에 있는 것 하고, 뒤에 있으면서 동시에 위에 있는 것은 명백한 차이가 있다.

 뒤에 있는 것은 단지 자신들의 힘을 맨 앞사람에게 전달해 주는 역할만 한다.

 하지만 뒤에 있으면서 동시에 위쪽에 있는 것은, 자신들의 힘을 맨 앞사람에게 전해주면서 아울러 언제든 따로 공격을 전개할 수가 있다.
 기개세는 지옥잔 이십 열의 공격을 보면서 그 어느 때보다 바짝 긴장했다.
 '이 합공은 호신강기로도 막을 수 없다. 지옥잔 열 명의 힘이 한꺼번에 실린 이십 개의 강기에 적중되면 호신강기가 산산조각 나고 말 것이다.
 그렇다고 정면으로 부딪치는 것도 불가하다. 기개세가 아무리 천검신문의 태문주라고 해도 지옥잔 이백여 명의 합쳐진 공력을 맞받을 수는 없는 것이다.
 또한 이백여 명의 지옥잔들의 합공은 일회(一回)로 그치지 않을 것이다.
 이곳은 지상에서 무려 이십여 장이나 높은 상공이므로 거센 바람이 불고 있다.
 그러므로 지옥잔들은 바람에 몸을 싣고서 어느 정도는 버틸 수 있을 것이다.
 '피할 수밖에 없다.'
 결국 기개세는 그런 결정을 내렸다. 머리 위쪽의 모든 방위를 차단한 상태에서 공격해 오는 적들을 피할 수 있는 곳은 아래쪽뿐이다.
 그러나 다음 순간 기개세의 얼굴빛이 흐려졌다.
 '이놈들 제법이로군.'

조금 전에 함께 솟구쳤다가 이백여 명의 지옥잔들을 허공으로 더 높이 던지고 지상으로 하강했던 다른 이백여 명의 지옥잔들이 다시 솟구쳐 오르고 있었다. 그들은 지상에 발이 닿자마자 솟구친 것이 분명하다.

또한 그들은 기개세와 독고비가 피할 수 있는 방위를 모두 차단한 상태에서 솟구쳐 오르고 있었다.

그리고 그들은 이십 명씩 나누어 열 개의 줄을 형성한 모습이다.

그것은 적당한 높이에 이르면 백 명이 다른 백 명을 허공으로 던질 수도 있으며, 아니면 아래쪽에서 위로 공격을 가할 수도 있다는 의미다.

위에서 이백여 명, 그리고 아래에서도 이백여 명이 완벽한 진형을 이룬 채 합공해 오는 광경을 보면서 독고비는 아예 기가 질려 버렸다.

머리 위의 합공이 어느새 삼 장까지 쇄도하고 있었다. 그들은 아직 초식을 펼치지 않고 있었지만 필경 이 장까지 쇄도하면 수중의 도를 뻗어낼 것이다.

독고비는 불도주가 되기 위한 과정에서 구대문파의 절학만 연마한 것이 아니다.

심오한 학문과 병법, 진법, 성술(星術), 우주의 원리까지 두루 섭렵했었다.

이후 불도주의 지위에 올라 천검신문과 함께 삼황사벌을 상대하여 수많은 싸움을 벌였다. 말하자면 그녀는 젊은 나이에 백전노장이 된 것이다.

하지만 단언하건대, 그녀가 수많은 싸움을 하면서 겪었던 무수한 고비들은 지금 그녀가 처해 있는 이 상황에 비하면 아무것도 아니라는 것이다.

지금 이 상황은 그녀가 살아생전에 직면한 위기 중에서 가장 절체절명이었다.

'정면으로 돌파한다.'

기개세는 그렇게 결정했다.

머리 위에서 공격하는 지옥잔은 이백여 명이지만, 아래쪽은 곧 백여 명이 될 것이다.

이십 장까지 솟구치려면 나머지 백여 명이 다른 백여 명을 밀어 올려줘야 하기 때문이다.

그렇다면 위는 이백여 명의 이십 열, 아래는 백여 명의 십 열이 된다.

하지만 아래쪽 백여 명이 '밀어 올리기'를 하려는 순간에 기개세가 번개같이 아래쪽을 돌파하면 적의 허를 찌르게 될 것이다.

그 순간은 비록 찰나지간이겠지만 아래쪽 지옥잔들이 아무것도 하지 못하는 '공백의 순간'이기 때문이다.

독고비가 기개세의 계획을 읽고 즉시 그의 등에 업혔다.

다음 순간 추호의 음향도 없이 기개세와 독고비의 모습이 흐릿해지더니 급전직하 아래로 내리꽂혔다.

그때 아래쪽 지옥잔들은 기개세가 예측한 대로 백여 명이 다른 백여 명을 밀어 올리려고 발바닥에 손을 밀착시키고 있었다.

기개세는 구태여 그들을 공격하지 않았다. 지금 중요한 것은 어떻게든 이 위기에서 벗어나는 것이었다.

독고비를 업은 그는 아래쪽 백여 명의 지옥잔들 틈새를 빛처럼 통과했다.

'됐다!'

지상에 내려서기만 하면 전력으로 이곳을 벗어나자마자 다시 허공으로 솟구칠 생각이다.

이번에는 사십 장 이상 고공으로 솟아오르면 지옥잔들이 아무리 발바닥을 밀어 올려도 그곳까지는 이르지 못할 것이라고 판단했다.

발끝이 땅에 닿기 직전에 기개세는 힐끗 위를 쳐다보았다. 순간 그의 안색이 가볍게 흐려졌다.

위쪽에 있던 이백여 명의 이십 열 지옥잔들의 진열이 어느새 바뀌고 있었다.

그들은 하강하면서 공격하던 맹렬한 속도 그대로 지상을

향해서 이십 방으로 쫙 흩어지고 있었다.

기개세가 어느 방향으로 도주하더라도 즉시 차단하는 것과 동시에 공격을 퍼붓겠다는 뜻이다. 즉, 커다란 그물처럼 위에서 덮어버리려는 작전이다.

그뿐이 아니다. 위로 솟구치면서 백여 명이 다른 백여 명의 지옥잔의 발을 밀어 올리려던 자들이 어느새 아래쪽으로 방향을 전환하려 하고 있었다.

즉, 최초의 이백여 명 이십 열인 전대(前隊)가 지상 이십 방을 차단하게 되면 생기는 허공의 공백을 두 번째 이십 열인 후대(後隊)가 메우려는 것이다.

실로 치밀하면서도 재빠른 임기응변이 아닐 수 없다. 오랜 세월 동안 고도의 합공을 수련하지 않고는 행할 수 없는 움직임이다.

기개세가 허공 이십여 장 높이에 떠 있을 때에는 고공이라는 조건이 그에게 유리하게 작용할 수도 있었다.

그러나 지상에서는 기개세나 지옥잔이나 똑같은 위치 조건이라서 그가 불리할 수밖에 없다.

지상으로 쏘아 내려서 도주하면 지옥잔들이 추격하지 못할 것이라는 기개세의 계획은 여지없이 실패했다. 지옥잔들을 과소평가했기 때문이다.

그러나 아직 끝나지 않았다. 눈이 맵고 빠르면 기회는 언제든지 생기는 법이다.

설명은 길었으나 기개세의 발끝은 막 땅을 딛고 있는 중이었다. 순간 그는 발끝으로 땅을 힘껏 박차고 다시 수직으로 솟구쳐 올랐다.

스와아……

여태까지 기개세의 움직임에는 어떤 음향도 나지 않았으나 지금은 마치 바싹 마른 모래에 물이 스며드는 듯한 음향이 흘렀다.

그 어느 때보다도 빠른 속도로 솟구쳐 오르기 때문이다.

후대 지옥잔 이백여 명은 솟구치려던 움직임을 중지하고 아래를 향해 방향을 막 전환하고 있는 중이었다.

그들은 기개세가 땅을 딛자마자 다시 솟구칠 것까지는 미처 예상하지 못한 듯했다.

그가 땅에 내려서면 포위지세를 형성하여 그물 안에 가둘 수 있을 것이라고 확신한 듯하다.

후대 이백여 명의 지옥잔들이 자세를 바로 잡으려고 하는 한가운데를 기개세가 빛처럼 뚫으며 솟구쳤다.

그는 멈추지 않고 단번에 지상에서 사십여 장 높이 고공까지 치솟아올랐다.

전대와 후대 각 이백여 명씩의 지옥잔들은 둘 다 지상을 향하거나 지상을 향해 공격하려는 자세를 갖추고 있는 상황이므로 속수무책일 수밖에 없었다. 빠르기로는 기개세의 이성 수준에도 미치지 못하는 그들이다.

거세고도 상쾌한 고공의 바람이 기개세와 독고비의 온몸으로 불어왔다.

실로 간발의 차이, 아니, 찰나의 순간에 위기에서 벗어났다.

그것은 우연이나 운이 좋아서가 아니다. 순전히 기개세의 차갑고도 날카로운 판단력 덕분이다.

지옥잔별은 기개세의 허를 찔러 급습을 시도했기에 그를 곤경에 빠뜨리는 것이 가능했었다.

하지만 이제 기개세는 위기에서 벗어났기 때문에 같은 실수를 반복하지는 않을 것이다.

고공에서 기개세는 힐끗 뒤쪽 아래를 돌아보았다.

사백여 명의 지옥잔들은 추호도 우왕좌왕하지 않고 어느새 전열을 가다듬어 맹추격을 하고 있었다.

자신들의 속도로는 기개세를 추격하지 못한다는 사실을 알면서도 추격을 포기하지 않았다.

그들의 민첩함은 과연 놀랄 정도지만, 한 번 그물에서 풀려난 대어가 다시 붙잡힐 리가 없다.

기개세와 지옥잔들의 거리는 점점 더 멀어지다가 잠시 후에는 아예 시야에서 사라졌다.

하지만 기개세의 마음은 무거워졌다. 쌍봉선을 걱정하기 때문이 아니다.

또 다른 걱정이 생겼다. 그의 짐작이 틀림없다면 지금쯤 아미는 위험에 빠져 있을 것이다.

조자원에서 기개세의 살수에서 살아남은 지옥잔은 오십오 명쯤이었다.

거기에 제남울군둔에 있던 지옥잔을 합하면 오백오십오 명 정도가 된다.

그런데 조금 전에 기개세를 급습했던 지옥잔은 다 합쳐봐야 사백여 명 정도였다.

백오십여 명이 모자라다. 그러므로 기개세의 짐작은 지금 그 백오십여 명이 아미를 급습하고 있을 것이라는 사실이다.

그렇다면 쌍봉선에는 지옥잔들이 가지 않았을 것이라는 얘기가 된다. 아마 울고수들이 갔을 것이다.

하면 쌍봉선에 있는 사람들은 아직 제압되지 않았을 가능성이 있다.

그 배에는 소옥군과 나운상, 소랑, 사대명왕과 삼십이 명의 성검백수가 있으므로 울고수에게 그리 호락호락하게 당하지는 않았을 터이다.

백오십여 명의 지옥잔이 어느 쪽으로 갔느냐에 따라서 그 쪽이 위험해진다.

아미에게 갔다면 아미가 위험에 빠졌을 것이고, 쌍봉선으로 갔다면 그곳 사람들은 이미 제압됐을 것이다.
[비야.]
[알겠어요. 천첩이 쌍봉선에 가겠어요.]
기개세가 심어를 다 발하기도 전에 그의 생각을 읽은 독고비가 빠른 어조로 말했다.
기개세는 백오십여 명의 지옥잔이 쌍봉선에 가지 않았을 것이라는 쪽에 무게를 더 두고 있었다.
왜냐하면 기개세와 아미, 독고비 세 사람이 조자원의 지옥잔들을 사백 명 이상 죽였다는 사실을 지옥잔별주가 알고 있기 때문이다.
강적들은 이쪽에 있는데 지옥잔들을 쌍봉선으로 보내는 것은 현명하지 못한 결정이다.
만약 쌍봉선으로 울고수들을 보냈다면 독고비가 가는 것은 큰 도움이 될 것이다.
그리고 그녀를 이곳의 위험으로부터 벗어나게 해주는 효과도 얻을 수 있다.
그런 기개세의 마음을 다 읽은 독고비는 고집을 부리지 않았다.
자신이 이곳에 있으면 도움은커녕 기개세에게 짐만 될 것이라는 사실을 잘 알고 있기 때문이었다.

독고비는 즉시 비단 띠를 풀고 업힌 자세에서 그를 한 번 힘주어서 꼭 끌어안았다.

[조심하세요.]

심어와 함께 그녀가 기개세의 몸을 꼭 안았던 두 팔을 풀려고 하자 그가 갑자기 손을 뻗어 그녀의 팔을 붙잡았다.

[기다려라.]

그 순간 독고비는 기개세의 마음을 읽고서 한 가지 사실을 감지했다.

난데없이 사방에서 새로운 위험이 쇄도하고 있다는 사실이다. 이제 독고비는 그의 생각뿐만 아니라 느낌마저도 읽을 수 있게 되었다.

기개세의 눈빛이 날카로워졌다.

'지옥잔이 아니다. 그들보다 훨씬 강하다.'

느닷없이 사방에서 느껴지고 있는 자들은 한둘이 아니다. 수십, 아니, 수백 명이 사면팔방에서 엄습해 오고 있었다.

기개세는 재빨리 사방을 둘러보았다. 그러나 보이는 것은 새파란 하늘과 구름, 그리고 그 아래 펼쳐져 있는 드넓은 산과 들뿐이다.

'이것들이 어줍잖은 수작을……'

감정이 불끈 솟구친 그는 천신기혼을 두 눈과 두 귀로 집중시켰다.

지금 그가 실행하는 것은 '천문의 능력'으로는 천신목이(天神目耳)라고 한다.

'천신의 눈'과 '천신의 귀'라는 뜻이다. 말 그대로 천신의 눈과 귀로 보는 것이다.

천신목이를 전개하면 보지 못하는 것이 없고, 듣지 못하는 것이 없게 된다.

천문의 능력 중에서 천신심안과 비슷한 듯하지만 사실 엄연하게 다른 능력이었다.

천신심안은 진법은 물론이고 결계나 미혹한 사술과 요술 따위를 꿰뚫어 보는 능력이다.

기척을 느끼기는 하는데 정확하게 보이지도 않고 들리지도 않는 것은 천신목이로는 다 보이고 다 들린다.

천신목이로도 보이지 않고 들리지 않는다면 그것은 세상에 존재하는 것이 아니다.

그때 기개세의 눈에 마침내 보였다.

눈처럼 흰 은삼(銀衫)을 입은 자들이 하늘을 새하얗게 뒤덮은 광경이다.

은삼인들이 기개세의 전후좌우와 머리 위, 그리고 아래까지도 마치 은빛 갈매기인 양 떠 있었다.

기개세는 그들을 한 번 훑어보는 것만으로 수가 천 명이라는 것을 정확하게 간파했다. 그리고 그들이 누구라는 사실을 짐작해 냈다.

'이놈들. 무한겁별이로구나……!'

신삼별조의 최강자이다.

무한겁별 백 명이 지옥잔별 전체 천 명을 한나절 안에 몰살시킬 수 있다고 했다. 그런 자들이 한꺼번에 천 명이나 출현한 것이다.

북경성 자금성 안에 태자 이반과 함께 머물고 있다는 무한겁별이 이곳에 나타난 것을 보면, 태자 이반도 함께 왔을 가능성이 크다.

좀처럼 당황하지 않는 기개세도 이 순간만큼은 마음이 흔들렸고 한순간 머릿속이 텅 비는 것 같았다.

무한겁별은 이 땅 위에 존재하는 모든 조직 중에서 최강이라고 할 수 있었다.

최초 천검사호문이었던 태극문이나 성검문, 뇌룡문, 취봉문도 천 명 대 천 명으로 싸운다면 무한겁별의 적수가 되지 못한다고 단언할 수 있었다.

[안 돼요!]

순간 독고비가 날카로운 심어를 발했다. 기개세가 그녀를 보내려고 하는 마음을 읽었기 때문이다.

지금은 조금 전하고는 사뭇 다른 상황이다. 그때는 상대가 지옥잔별, 그것도 사백여 명뿐이었다.

하지만 지금은 신삼별조의 최강인 무한겁별 천 명이다. 그렇기 때문에 독고비는 남아서 단 한 명의 무한겁별이라도 상대하여 기개세에게 도움이 되고 싶은 것이다.

[네가 있으면 짐만 된다.]

기개세는 심어와 함께 독고비의 허리에 오른팔을 둘렀다가 한쪽 방향으로 힘껏 내던졌다.

슈우욱!

독고비는 쏘아낸 화살보다 몇 배나 더 빠르게 허공을 비스듬히 날아갔다.

쌍봉선에 가려면 동북쪽이어야 하는데, 그녀가 날아가고 있는 방향은 남쪽이다.

독고비는 아무리 애를 써도 쏘아가는 신형을 멈출 수가 없어서 답답하기 그지없는 마음이었다. 그때 기개세의 심어가 가슴을 울렸다.

[천신기혼을 일으켜 고공에서 바람을 타라. 바람의 방향이 달라지면 근처에는 분명히 다른 바람이 있으니 그것으로 갈아타라.]

[대가!]

[남경성으로 가서 즉시 천인사들을 내게 보내라.]

[아……!]

그제야 독고비는 기개세에게 돌아가기 위해서 더 이상 발버둥 치지 않았다.

 오히려 날아가는 방향으로 더 빨리 쏘아 오르기 위해서 천신기혼을 끌어올렸다.

 기개세는 독고비더러 남경성으로 가서 오십 명의 천인사들을 보내라고 했다.

 천인사들은 남경성을 중심으로 근거지를 확보하는 싸움에서 선봉에 서기 위해 기개세의 명령으로 일찌감치 그곳으로 보내졌었다.

 천인사들은 모두 천족이다. 그러므로 그들이 기개세를 돕는다면 무한겁별을 물리칠 수 있을 것이라는 게 독고비의 생각이었다.

 게다가 독고비는 남경성에 갔다가 천인사와 함께 다시 돌아오면 된다.

 그녀는 허공으로 비스듬히 솟아오르며 지상에서 육십여 장 높이까지 이르렀다.

 고개를 돌리니까 기개세의 모습은 까마득히 작게 보였다. 순식간에 족히 십여 리는 날아온 듯했다.

 무한겁들은 한 명도 따라오지 않았다. 그들의 목적이 기개세이기 때문일 것이다.

 [기다려요, 내 사랑. 죽을힘을 다해서 빨리 돌아오겠어요.]

 독고비는 기개세를 향해 마지막 안타까운 심어를 보내면

서 천신기혼을 끌어올려 마치 태풍과도 같은 거센 바람 위로 올라탔다.

기개세는 몸을 더 가볍게 하면서 천신기혼을 운용했다.
그러자 그의 몸이 거센 바람에 날리는 하나의 깃털처럼 순식간에 더 높은 고공으로 쏘아 올랐다.
천 명의 무한겁별이 형성하고 있는 천라지망 같은 포위망을 뚫으려는 의도다.
아무래도 지금보다 더 고공으로 숫구치면 무한겁별이라고 해도 운신의 폭이 좁을 것이라고 판단했기 때문이다.
다음 순간 기개세의 위쪽에 있던 무한겁별 고수, 즉 '무한겁'이라고 불리는 자들이 기다리고 있었다는 듯이 맹공격을 퍼부었다.
무한겁들은 은의를 입었으며 또한 견폐(肩蔽:망토)를 두른 모습인데, 한 자루 기형검을 사용하고 있다.
보통 장검보다 훨씬 더 긴 다섯 자 길이에, 끝 부분이 약간 둥글게 휘어서 도의 모양인데, 양쪽에 날이 있는 것은 검을 닮았다.
무한겁들은 수라쾌나 지옥잔처럼 합공을 하지 않고 단독으로 공격을 퍼부었다.
또한 검기나 검강 같은 것을 전개하지 않고 진검(眞劍)으로 직접 부딪쳐 왔다.

 지옥잔의 소위 '밀어 올리기' 같은 방법을 쓰지 않고 이 정도 고공을 자유롭게 떠다닐 수 있다면, 무한겁들은 절정고수 수준이 분명하다.

 그런 절정고수가 검기나 검강을 전개하지 않고 진검공격을 가한다면 그것은 검기나 검강보다 거의 배 이상의 위력을 발휘하게 된다.

 검기나 검강은 표적에서 멀리 떨어져서 발출하는 것이지만, 진검공격은 가까이에서 진검에 공력을 실어 공격하기 때문이다.

 또한 그 정도의 실력자가 진검공격을 한다는 것은 그만큼 자신이 있다는 뜻이기도 하다.

 쾌애액!

 기개세의 위쪽 가장 가까이에 있던 십오 명의 무한겁들이 기개세가 상승할 것을 미리 예측하고 있었다는 듯 순식간에 거리를 좁히면서 쇄도해 왔다.

 그들은 일견 아무렇게나 공격해 오는 듯하지만, 실상 기개세가 빠져나갈 수 있는 모든 방위를 차단한 공격망을 형성하고 있었다.

 스웅…….

 기개세는 방심하지 않고 양손에 무형검을 일으켰다. 흐릿한 금광을 흩뿌리면서 넉 자 길이의 투명한 무형검이 그의 양 손에 쥐어졌다.
 쿠아앗!
 십오 명 중에서 여덟 명이 기개세의 위쪽 팔방(八方)에서 그의 전신 급소를 노리며 기형검을 찌르고 베어왔다.
 '빠르다!'
 그런데 그 속도가 워낙 빨라서 기개세마저도 움찔, 적잖이 놀랐다.
 하지만 무한겁들이 아무리 빠르다고 해도 기개세의 빠르기에는 미치지 못한다.
 그렇지만 그들은 다수(多數)라는 이점이 있다.
 가장 빠르게 공격해 온 무한겁은 십오 명인데, 그중에서도 여덟 명만이 기개세에게 첫 공격을 가해왔다.
 그것은 '공격최소범위(攻擊最小範圍)'라는 것 때문이다. 목표로 삼은 적 한 명을 다수가 한꺼번에 공격할 수 있는 사방의 공간을 최대한 이용한다고 해도 최대 인원은 다섯 명이 한계다. 그것을 공격최소범위라고 한다.
 그 이상의 수가 공격을 하면 공격자들끼리 몸이 부딪치고 공격이 얽혀 버리는 자중지란이 일어난다.
 그래서 무림인들은 합공을 하게 될 경우에 한 사람을 최대 다섯 명 이상 공격하지 않는다. 아니, 못하는 것이다. 그것은 공격자들이 반드시 지켜야 할 불문율 같은 것이다.

그런데 지금 무한겁들은 여덟 명이 기개세 한 명을 공격하고 있다. 최소공격범위를 한두 명도 아니고 세 명이나 초과한 것이다.

하지만 중요한 사실은, 그런데도 서로 몸이 부딪치는 자중지란이 벌어지지 않고 있다는 것이다.

아니, 자중지란은커녕 너무도 완벽한 공격이다. 개별적으로 공격하는 듯하면서도 사실은 합공이었다.

초절고수가 한꺼번에 방어하거나 피할 수 있는 공격은 몇 개까지가 한계일까.

물론 가장 완벽한 공격이라는 가정하에서다. 그럴 경우에 초절고수는 다섯 개까지 방어할 수 있다. 최소공격범위 내에서의 공격 다섯 개를 모두 방어한다는 뜻이다.

그래서 무한겁 여덟 명이 기개세를 합공하고 있는 것이다. 초절고수인 기개세가 방어할 수 있는 한계가 최대 다섯 개이므로, 나머지 세 개의 공격이 그의 숨통을 끊을 것이라고 확신했다.

쩌꺼껑!

파파파곽!

기개세의 양손에 쥐어진 두 자루 무형검이 좌우에서 공격해 온 네 자루 기형검을 막았다.

그와 동시에 그의 몸에서 뿜어진 금빛의 가느다란 천신기혼이 수평을 이룬 채 공격해 온 네 명의 무한겁의 미간을 정확하게 관통했다.

파아―

그뿐이 아니다. 네 자루의 기형검을 막았던 두 자루 무형검이 부서지면서 무한겁 네 명의 목을 잘라 버렸다.

기개세의 무형검이 기형검 따위와 한 번 부딪쳤다고 해서 힘없이 부서진 것이 아니다.

기개세가 의도적으로 기형검과 부딪치는 순간 무형검을 삼 등분한 것이다.

그렇게 해서 검파 부위는 그가 그대로 잡고 있고, 깨진 네 조각의 무형검신이 네 명의 무한겁의 목을 정확하게 잘라 버린 것이다.

무한겁들은 실수를 저질렀다. 기개세는 초절고수 따위가 아닌 것이다.

그의 무위, 아니, 능력은 무림의 단위로는 구분할 수 없는 경지에 이르렀다.

그러므로 천문의 능력을 무림의 단위로 측정하는 것 자체가 어불성설이었다.

하지만 기개세가 천문에 다녀온 이후 그를 지금처럼 궁지로 몰아넣은 자들은 무한겁별이 처음이다.

또한 기개세가 적들을 반 장 이내까지 끌어들이고 나서야 죽일 수 있었던 경우도 지금이 처음이다.

슈슈슉! 쐐액!

그런데 기개세가 최초에 자신을 공격한 여덟 명의 무한겁들을 죽인 순간, 그림자 한 겹 정도 간격으로 뒤처져 있던 나머지 일곱 명의 무한겁이 일제히 공격을 퍼부었다.

그런데 그들 일곱 명의 무한겁의 공격이 실로 기기묘묘하면서도 절륜했다.

기개세의 몸에서 뿜어진 천신기혼이 네 명의 무한겁을 적중시키고, 그리고 무형검이 깨지면서 다른 네 명의 무한겁의 목을 자르는 바로 그 순간, 그들의 바로 뒤에 있던 일곱 명의 무한겁들이 일제히 공격을 가한 것이다.

그것은 마치 앞선 여덟 명의 무한겁과 뒤의 일곱 명의 무한겁이 동시에 공격을 한 것 같은 상황이었다.

그렇지 않고서는 뒤의 일곱 명이 이처럼 빠르게 공격할 수가 없다.

하지만 앞선 여덟 명이 이미 최소공격범위를 차지했기 때문에 뒤의 일곱 명은 공격할 틈이 전혀 없었다는 문제점이 재기된다.

만약 앞선 여덟 명이 기개세에게 죽지 않았다면, 오히려 뒤의 일곱 명에게 죽거나 다칠 수도 있는 상황이다.

더욱 놀라운 것은, 뒤의 일곱 명 중에서 다섯 명의 찔러오는 기형검이 앞선 여덟 명의 몸과 몸 사이의 비좁은 틈새를 파고들었다는 사실이다.

그러나 놀라움은 거기에서 그치지 않는다. 뒤의 일곱 명 중에서 나머지 두 명의 기형검은 앞선 네 명 중에 두 명이 무형검의 조각에 목이 잘라지는 바로 그 틈으로 베어 들어오고 있었다.

그것은 그들의 목이 잘라질 것을 미리 알고 있지 않고서는 도저히 있을 수 없는 일이다.

어찌 목이 잘라져서 살짝 벌어진 그 미세한 틈새로 기형검을 베어올 수 있단 말인가.

무한겁은 점쟁이가 아니고 앞일을 내다보는 예시의 능력 같은 것도 없다.

그러므로 그들의 그런 불가사의한 움직임을 한마디로 설명하자면, '고도수련(高度手鍊)'이라고밖에는 할 수 없다.

전혀 예상하지 못했던 상황에 찌르고 베어오는 일곱 자루의 기형검을 발견하고 기개세는 움찔 놀랐다.

스… 파앗!

일곱 자루 기형검이 막 그의 몸에 닿으려는 순간 갑자기 기개세의 몸이 폭발했다.

아니, 그의 몸에서, 가슴과 어깨와 등, 허벅지, 종아리에서 번갯불 같은 천신기혼이 폭발하듯이 뿜어진 것이다.

투우…….

기괴한 음향이 터지면서 찰나지간 기개세도, 일곱 명의 무한겁들도, 그리고 이미 죽은 여덟 명의 무한겁들도 모든 움직임을 멈추었다. 그것은 마치 시간과 공간이 정지한 듯한 느낌이었다.

쩌억!

다음 순간 기개세를 둘러싸고 있던 죽거나 죽지 않은 열다섯 명 무한겁들의 몸뚱이가 산산조각 부서지며 사방으로 흩어져 날아갔다.

기개세는 천신기혼을 한꺼번에 온몸으로 뿜어내서 골치 아픈 순간을 넘겼다.

생각을 해보면 그 방법 말고도 다른 방법이 몇 가지쯤은 더 있었을 것이다.

하지만 그는 순간적으로 약간 화가 났었고, 그래서 화를 분출하는 것과 흡사한 방법으로 적들을 죽인 것이다.

그의 천신기혼은 체내에 항상 일정한 양이 축적되어 있는 상태다. 그리고 그것을 사용하면 사용한 만큼 즉시 생성되어 채워진다.

하지만 갑자기 많은 양을 사용하게 되면 생성되는 속도가 그것을 따라가지 못한다.

즉, 천신기혼이 원래대로 채워질 때까지는 비워진 상태가 지속되는 것이다.

방금 그가 방출한 천신기혼은 앞으로 약 일각에 걸쳐서 생성될 양이다.

그러므로 그는 앞으로 일각 동안 그만큼의 천신기혼이 없는 상태에서 싸워야만 한다.

그렇다고 해서 한꺼번에 많은 양의 천신기혼이 허비된 것은 아니다.

방금 그 작은 '폭발'로 전체 천신기혼의 삼 푼(三分)가량이 소모되었다.

하지만 이런 경우가 계속되어 삼 푼씩 열 번 사용하면 삼 할이 되고, 스무 번 사용하면 육 할을 소모하게 된다.

기개세는 천신기혼을 한차례 지나치게 사용하고 난 즉시 후회했다.

무한겁이 천 명이나 있는데 이런 식으로 싸우다가는 백 명을 죽이기도 전에 자신이 먼저 지칠 것이기 때문이다.

설명은 길었으나, 기개세가 무한겁 열다섯 명에게 연이어 두 차례의 공격을 받고 격퇴시킨 시간은 한 번 호흡하는 정도에 불과했다.

하지만 절정고수들에게 한 번 호흡하는 시간은 표적을 에워싸고 맹공을 퍼부을 준비를 갖출 수 있는 충분한 시간이기도 하다.

쿠아앗!

쾌애액!

무한겁에겐 최소공격범위 따위도 필요없다. 그리고 개별적으로 공격을 하는 것 같으면서도 면밀히 살펴보면 완벽한 합공을 전개하고 있다.

지상에서 사십오륙 장 고공에서 허공을 갈가리 찢어발기는 파공음이 겨울 삭풍보다 날카롭게 연이어서 터져 나왔다.

기개세는 허공중에서 옴짝달싹 못하게 갇혀 버렸다. 무한겁들이 사면팔방에서 숨 쉴 틈 없이 공격을 퍼붓기 때문이다.

무한겁들이 전개하는 것은 접근전이다. 어떤 초식이나 규칙도 없다.

무림에서 접근전을 펼치는 부류는 대부분 이, 삼류무사들이다. 먼 거리에서 공격을 할 능력이 없기 때문이다.

고강할수록 먼 거리에서 공격한다. 자신이 있기 때문이고, 스스로를 보호할 수 있기 때문이다.

절정고수 수준에 이른 인물이 적을 상대로 접근전을 벌이는 경우는 거의 없다.

아니, 거의가 아니라 아예 없다고 단언할 수 있다. 구태여 그럴 필요가 없기 때문이다.

그런데도 불구하고 절정고수가 위험을 무릅쓰고 접근전을

펼친다면 이유는 하나뿐이다.

더 강력한 공격을 뿜어낼 수 있기 때문이다. 그리고 그 목적 역시 단 하나.

상대를 죽이려는 것이다.

무한겁별의 목적은 기개세를 죽이려는 것이었다. 그것은 그의 신분을 이미 알아냈기 때문일 것이다.

第百十六章

태자이반

대사부

쐐애액!

쩌쩌쩡!

콰우웃!

 기개세의 모습은 보이지 않았다. 수많은 무한겁들에게 둘러싸인 채 맹공격을 받고 있기 때문이다. 그는 무한겁들에게 파묻힌 채 단지 날카로운 파공음만 허공을 가득 메우고 있을 뿐이다.

 기개세도 무한겁들도 지상으로 하강하거나 허공중에서 균형을 잃는 일은 없었다. 고공의 거센 바람을 제대로 타고 있었기 때문이다.

　무한겁들은 기개세가 더 높이 상승하거나 지상으로 하강하도록 내버려 두지 않았다.

　싸움이 시작된 이후, 기개세는 찰나의 쉴 틈조차 없이 양손의 무형검을 휘두르고 있었다.

　무한겁들은 강했다. 지옥잔 같으면 기개세가 한차례 무형검을 휘두르면 어김없이 한 명이나 그 이상이 죽었는데 무한겁들은 그렇지 않았다.

　무한겁들은 기개세의 공격을 피하고 있었다. 물론 그가 몇 명을 목표로 삼아서 정확한 공격을 전개하면 무한겁이라고 해도 피하지 못한다.

　하지만 놈들은 그가 그러도록 내버려 두지 않았다. 놈들의 기가 막힐 정도의 빠른 공격과 완벽 이상의 치밀한 합공 때문에 그는 누군가를 목표로 삼아서 정확한 공격을 가할 수 없는 상태였다.

　다시 말해서 그는 방어를 하기에 급급하고, 방어를 위한 무의미한 공격을 하고 있는 것이었다.

　과연 무한겁 백 명이 지옥잔별 전체 천 명을 한나절 만에 몰살시킬 만한 능력이 있다는 말이 실감 났다.

　그는 최초에 열다섯 명의 무한겁을 죽인 이후 일각이 지나도록 열 명 남짓의 무한겁을 죽이는 것에 그쳤다.

이유는 간단하다. 적이 너무 강한데, 그는 그에 걸맞은 강력한 반격을 하지 못하기 때문이다. 즉, 천신기혼을 과다 사용하지 않는 것이다.

이런 식으로 싸운다면 그는 천신기혼을 허비하지 않기 때문에 몇 날 며칠이고 지치지 않는다. 하지만 이 싸움은 언제 끝날지 모르게 지속될 것이다.

태자 이반이 와 있을 것이라고 추측하고 있다. 그는 최소한 초절고수 이상의 능력을 지니고 있을 것이다.

더구나 잠시 후면 지옥겁별이 들이닥칠 테고, 어쩌면 수라쾌별까지 가세할지도 모른다.

무한겁들은 기개세의 무형검과 자신들의 기형검을 부딪치지 않으려고 애썼다. 부딪치면 무형검이 조각 나면서 비검(飛劍)이 되기 때문이다.

'이래서는 안 되겠군.'

마침내 기개세는 결단을 내려야만 하는 시기가 되었음을 깨달았다.

지금 이런 상황에서는 아무리 잘 싸운다고 해도 전혀 이득이 없다.

극단적으로 봤을 때 최악의 상황이 되면 그가 이곳에서 뼈를 묻을 수도 있었다.

만약 이곳에 태자 이반이 왔다면, 유람이나 하러 온 것이 아닐 것이다.

 기필코 천검신문 태문주를 죽이기 위해서 그가 동원할 수 있는 모든 세력을 이끌고 왔을 것이다.

 소나기는 일단 피해야 한다. 퍼붓는 소나기를 고스란히 맞는 것은 어리석은 짓이다.

 기개세가 죽으면 중원도 끝장이다. 사랑하는 여자들도, 가족도, 그리고 측근들도 더 이상 만나지 못한다.

 '이들과 싸우는 것은 무의미하다. 지금은 어떻게든 이곳을 벗어나야 한다.'

 그의 생각과 결단과 행동은 언제나 일치한다.

 번쩍—!

 아까처럼 그의 몸에서 아래를 향해 섬광이 뿜어졌다. 천신기혼을 발출한 것이다.

 섬광이 아래쪽 십여 명의 무한겁들을 산산조각 낼 때, 그는 한줄기 빛살이 되어 수직으로 하강했다.

 그가 아래를 택한 이유는 적들이 위쪽에 더 많이 몰려 있기 때문이다.

 그가 위로 상승해서 도주할 것이라고 예측하고 무한겁들은 위쪽에 포위망을 더욱 두텁게 만들었다.

 그렇다고 아래쪽이 허술한 것은 아니다. 위쪽에 비해서 포위망이 조금 약하다는 것뿐이다.

기개세는 지상을 향해서 빛처럼 하강하면서 두 차례 더 천신기혼을 뿜어내고서야 땅에 도달할 수가 있었다.

만약 위로 상승해서 포위망을 뚫으려고 했다면 천신기혼을 네다섯 차례 이상 발출해야만 했을 것이다.

하지만 그가 발을 땅에 디뎠다고 해서 포위망을 완전히 뚫은 것은 아니다.

허공에서 무한겁별이 워낙 넓게 포진해 있었기 때문에, 그들은 단지 지상에 내려서는 것만으로 재차 기개세를 포위할 수가 있는 상황이었다.

허공에서의 그들의 포위망은 반경 백여 장이었다. 그 말은 기개세가 땅에 내려선 후에 어느 방향이든 백여 장을 달려가야 포위망에서 벗어날 수 있다는 뜻이다.

그는 땅에 내려서자마자 동남쪽을 향해 한줄기 빛처럼 내달리기 시작했다.

제남성 동쪽과 남쪽에는 거대한 태기산맥(泰沂山脈)이 하늘을 떠받치듯이 버티고 있다.

태기산맥은 드넓은 평야로만 이어져 있는 안휘성과 산동성, 강소성, 삼성(三省)을 통틀어서 유일한 산맥이다.

중원 서쪽에 남북으로 길게 이어진 장엄한 대산맥들하고는 규모나 높이에서 비교할 수 없지만, 그래도 평야뿐인 화북(華北)지방에서의 태기산맥은 예로부터 수많은 전설이 잉태되고 신화가 무성한 신성한 산맥으로 알려져 왔다.

기개세는 쌍봉선으로 가지 않을 생각이다. 황하나 강변에는 은신할 만한 곳이 없기 때문이다.

평야 지대인 다른 곳도 마찬가지다. 그러므로 일단 무한겁별을 따돌리기에는 태기산맥이 최적지라고 판단했다.

빛처럼 쏘아가고 있는 기개세 전면 허공에서 무한겁들이 쏜살같이 하강하고 있는 것이 보였다.

그렇지만 많은 수는 아니다. 이십여 명에 불과했다. 허공에서 포위망 외곽을 형성하고 있던 무한겁들이 분명하다.

기개세는 이미 천신기혼을 세 차례나 과다하게 뿜어냈다. 그래서 거의 일 할에 가까운 천신기혼을 허비했다.

전면에 내려서고 있는 이십여 명의 무한겁들을 뚫으려면 죽일 수밖에 없고, 그러자면 다시 한 차례 천신기혼을 거세게 뿜어내야만 한다. 그것도 단 한 차례로 이십여 명을 모두 죽여야 하는 것이다.

그런데 놈들이 호락호락하지가 않다. 죽이기 좋도록 전면에 나란히 내려서 주면 좋으련만, 전면에 내려서자마자 결사적으로 돌진해 오는 자들이 십여 명이고, 허공에서 그대로 기개세에게 내리꽂히며 공격하는 자들이 또 십여 명이다. 각기 방향이 다른 것이다.

한 차례 천신기혼을 발출할 양을 나누어서 두 방향으로 뿜어낼 수는 있다.

하지만 그렇게 하면 명중률이 떨어진다. 모조리 죽이려면 역시 동시에 두 차례 발출해야 한다.

저놈들만 죽이면 앞쪽은 텅 비었다. 일 할 오 푼 정도의 천신기혼을 허비한 것으로 기개세의 속도가 현저하게 떨어질 리는 없다.

저놈들을 모두 죽이고 전력으로 쏘아가면 무한겁별의 포위망에서 벗어나는 것도, 놈들의 추적을 따돌리는 것도 시간 문제다.

그는 자신이 적과의 싸움에서 도망친다는 것에 대해서 수치심을 느끼지는 않는다. 지금 상황에서는 그것도 사치다. 또한 그럴 여유도 없다.

츠파앗!

빛이 흐르듯 쏘아가는 기개세의 몸에서 두 줄기 섬광이 눈부시게 뿜어졌다.

하나는 전면으로, 또 하나는 머리 위로 부챗살처럼 퍼져 나간 섬광은 찰나지간에 이십여 명의 무혼겁들을 휩쓸었다.

얼핏 보기에는 무언가 눈부신 것이 번쩍! 전면과 머리 위의 이십여 명을 향해서 뿜어진 것처럼 보였다.

하지만 실상은 처음에는 두 줄기로 발출됐던 섬광이 여러 갈래로 나뉘어서 한결같이 이십여 명의 미간을 정확하게 관통한 것이다.

슈아악!

기개세는 뒤돌아보지도, 두리번거리지도 않고 동남쪽으로 곧장 쏘아갔다.

무한겁별의 포위망을 뚫은 이상 자신을 뒤쫓을 만한 것은 이 땅에 존재하지 않는다는 것이 그의 믿음이다.

그는 일단 태기산맥으로 깊숙이 들어가서 추격을 완전히 따돌렸다는 확신이 서면 동쪽으로 방향을 틀었다가 다시 북상하여 쌍봉선을 찾아갈 생각이었다.

지금 이 순간에도 그의 머릿속에는 자신의 안위보다는 쌍봉선의 사람들과 황일교 포구로 간 아미에 대한 걱정이 가득 차 있었다.

저 멀리 전면에 숲과 산이 보였다. 그 뒤로 하늘을 찌를 듯이 솟아 있는 고산준령도 보였다. 태기산맥이다.

그런데 전혀 예기치 않았던 다른 것도 보였다.

그것은 사람이다. 한 사람이 산을 등진 채 우뚝 서 있었다.

아니, 그는 그곳에서 기개세를 기다리고 있었던 것 같다. 도대체 누구기에 단신으로 서 있단 말인가.

'태자 이반!'

기개세는 그 사람을 발견하는 순간 그가 누구라는 것을 즉시 알아차렸다.

예전에 그를 한 번도 본 적이 없지만, 그리고 그가 어떻게 생겼는지 설명을 들은 적도 없으나 기개세는 전면에 이쪽을 향해서 당당하게 우뚝 서 있는 자가 태자 이반일 것이라고 확신했다.

'드디어 나타났구나, 태자 이반.'

그런데 이상하게도 기개세는 조금도 놀라지 않았다. 마치 태자 이반이 저기에서 기다리고 있는 것을 미리 알고 있기라도 한 것처럼, 아니면 저기에서 그와 만나기로 약속이나 한 것 같은 느낌이다.

기개세는 달리는 속도를 멈추지 않았다. 그러면서 체내의 천신기혼을 한곳으로 모았다.

후우우…….

그는 온몸이 은은한 금광으로 물든 상태에서 유성이 흐르듯 태자 이반이라고 생각되는 인물을 향해 일직선으로 곧장 쏘아갔다.

"후후후… 드디어 태문주가 나타났군."

태자 이반은 두 발을 어깨 넓이로 벌리고 두 팔을 늘어뜨린 채 기개세를 주시하며 입술 끝을 씰룩였다.

그는 기개세의 온몸이 은은한 금광으로 빛나고, 또 생전 처음 보는 무서운 속도로 자신을 향해 쏘아오는 것을 보고 가볍게 고개를 끄덕였다.

"후후, 그도 내가 누군지 알았군."

이반은 기개세가 정면승부하려는 것을 간파했다. 한눈에도 기개세는 그렇게 보였다.

이반의 입가에 떠오른 미소가 조금 더 짙어졌다.

"좋아. 누가 진짜 천신인지 한번 가려보자구."

그는 아주 빠르게 전신의 공력을 끌어올려 양어깨와 두 팔에 모았다.

실로 오랜만의 흥분과 긴장으로 심장이 쿵쾅거리는 것이 생생하게 느껴졌다.

이런 격렬한 감정을 도대체 얼마 만에 느껴보는 것인지 기억이 까마득하다. 아니, 어쩌면 이런 감정의 경험은 난생처음일지도 모른다.

이반은 자신이 패할 것이라고는 눈곱만큼도 생각하지 않는다. 절대 패할 리가 없다.

천하에서 '천신'이라고 불릴 만한 사람은 자신 단 한 명뿐이기 때문이다. 또한 그만한 자신이 있었다.

구오오……

그가 느릿하게 양팔을 활짝 벌리자 주위의 공기가 거세게 격탕하기 시작했다.

그의 몸에서 스멀스멀 희뿌연 붉은 기운이 흘러나와 그를 중심으로 소용돌이치듯이 회전했다.

그리고는 붉은 기운이 점점 짙어지고, 소용돌이가 점차 거세져서 마침내 허공에 핏물을 확 뿌려놓은 듯 시뻘겋고 거대한 소용돌이가 되었다.

콰아아아—!

그 속에서 이반은 흰 이를 드러내고 으스스하게 웃었다.

'후후후… 태문주, 너는 오늘 죽는다.'

만반의 준비가 끝났다. 이제 태문주와 정면으로 부딪치기만 하면 된다.

그를 휘감고 소용돌이치는 핏빛 사이로 기개세가 십오륙 장 전면까지 쇄도해 오고 있는 광경이 똑똑히 보였다.

그가 보기에도 실로 무시무시한 빠르기다. 그는 인간이든 새든 그 무엇이든 저토록 빠른 물체를 예전에는 한 번도 본 적이 없다.

그리고 저토록 빠른 인간이라면, 무위 또한 상상을 초월할 것이라는 생각이 들었다.

그는 여태껏, 그리고 앞으로도 결코 만나지 못할 적수를 주시하면서 극도의 쾌감을 맛보고 있었다.

그것은 그가 그토록 좋아하는 미녀와의 정사 때 느끼는 절정보다 더 짜릿했다.

'와라.'

기개세가 십여 장 이내로 쇄도하자 이반은 양쪽으로 벌렸던 두 팔을 빠르게 앞으로 모으면서 뻗었다.

구오오…….

그러자 그를 중심으로 소용돌이치던 핏빛 혈류가 순식간에 그의 몸속으로 빨려들었다.

그리고는 고요한 정적이 흘렀다.

지금 그의 몸은 바늘로 찌르면 폭발할 것처럼 극도로 경직되어 있는 상태다.

그는 태문주가 자신과 정면승부를 하려 한다는 사실을 추호도 의심하지 않았다.

드디어 기개세가 오 장까지 쇄도했다.

큐우웅—!

이반은 앞으로 쭉 뻗은 두 팔로 전 공력을 뿜어냈다.

활짝 펼쳐서 원형을 만든 그의 쌍장에서 실로 눈부신 핏빛 섬광이 쏟아져 나갔다.

중원무림에서는 한 번도 본 적이 없는, 그리고 중원무림에서는 최초로 펼쳐지는 태자 이반의 절학이었다.

천축 최고의 절학인 무량육신공의 마지막 절초인 무량대신공과 무림 사상 가장 고강했다는 천마황(天魔皇)의 천마천혈공(天魔天血功)을 합쳐서 탄생시켰다는 미증유의 절대절학(絶對絶學)이다.

이반은 자신이 창안한 그 절학에 천마무량극(天魔無量極)이라는 새로운 이름을 붙였다.

그는 이번 공격에 자신의 전 공력을 쏟아부었다. 단 한 움큼도 남기지 않았다.

그래서 공력이 두 팔과 쌍장을 통해서 뿜어져 나갈 때의 느낌은, 그 무엇하고도 바꿀 수 없는 절대쾌감이었다.

또한 그는 태문주가 이 공격을 막아낼 것이라고는 절대 예상하지 않았다.

그가 봤을 때 기개세의 반격은 조금 늦었다. 삼 장까지 쇄도했을 때 쌍장을 뻗은 것이다.

반투명한 금빛 섬광이 번쩍! 하고 기개세의 쌍장에서 뿜어져 나왔다.

과연 이반이 예상했던 것처럼 태문주의 반격은 대단했다. 그래도 그는 자신이 이긴다고 확신했다.

퍼억!

그리고 금빛과 핏빛의 섬광이 정통으로 부딪쳤다. 그런데 음향이 마치 가죽으로 만든 북을 두드린 것처럼 짧고도 거북하게 터져 나왔다.

그 순간 이반은 자신이 발출한 천마무량극이 끝없는 무저갱(無底坑)으로 빨려드는 듯한 느낌을 받았다. 마치 태문주가 자신의 공력을 흡수하고 있는 듯한 기분이었다.

'뭔가 잘못됐다!'

그렇게 느낀 순간 그는 기개세가 갑자기 자신의 눈앞에 나타나고 있는 것을 발견했다.

"……!"

아니, 눈앞은 눈앞인데 머리 높이다. 어떻게 해서 그가 느닷없이 이렇게 가깝게 쇄도했는지 모를 일이다. 아마도 두 줄기 공격이 충돌하는 순간에 다가온 듯했다.

이반은 심장이 철렁 내려앉았다. 그와 동시에 '이제는 죽는구나'라는 생각이 뇌리를 두드렸다.

방금 전까지만 해도 천마무량극이 쌍장을 통해서 뿜어지는 느낌과, 그로 인해서 태문주가 죽을 것이라는 쾌감에 휩싸였던 머리가, 지금은 여태껏 한 번도 느껴보지 못했던 생소한 느낌으로 가득 찼다.

죽음에 대한 공포다. 그런데 그 공포가 즉시 또 다른 것으로 변했다.

자신에 대한 질타다.

'이런 병신!'

왜 상대가 정면으로 격돌할 것이라고 철석같이 믿었는지 어이가 없었다.

방금 전에 퍽! 하는 둔탁한 음향은 태문주가 아무런 위력도 없는 허초를 발출했기 때문에 났던 것이다.

"……."

이반은 자신의 반 장 앞까지 쇄도하면서 아래를 굽어보고 있는 기개세의 얼굴을 멍하게 올려다볼 뿐 속수무책이었다.

슈우…….

그 순간 머리 높이에 떠서 쇄도하고 있는 기개세의 오른발이 이반의 얼굴을 향해 무서운 속도로 쏘아왔다.

이반의 죽음은 이제 결정적이다. 상대가 반격할 것이라고 착각한 것에 대한 대가치고는 너무 지나치다는 생각이 그 순간 들었다.

그리고 이대로 죽을 수 없다는 생각이, 아니, 본능이 갑자기 활화산처럼 솟구쳤다.

그래서 그는 빠져나간 공력을 회수하는 것과 동시에 호신강기를 일으켰다.

온몸에 펼칠 여유가 없어서 그저 머리 부분만이라도 보호할 수 있기를 갈망하면서 처절한 심정으로 발버둥 쳤다.

천마무량극으로 완전히 빠져나갔던 전 공력이 그의 갈망대로 찰나지간에 회수되어 줄 것인지는 미지수다. 시도해 본 적이 없기 때문이다. 그래서 머리 부위에 호신강기를 만들어 줄 것인지에 대한 자신은 없었다.

하지만 이대로 멍청하게 서 있다가 머리가 박살 나서 죽을 수는 없다.

살기 위해서 뭐라도 하지 않으면 죽어서 원귀가 돼서라도 자신을 용서하지 못할 것이라는 생각이다.

 기개세의 발끝이 코앞에 이르렀을 때, 이반은 그의 발 전체가 흐릿한 금광으로 번뜩이고 있는 것을 발견했다.

 그와 동시에 호신강기가 펼쳐지더라도 이 가공한 '발차기' 앞에서는 무력할 것이라는 생각이 들었다.

 그것이 그가 마지막으로 본 것이고, 또 생각이다.

 쩌억!

 이반은 자신의 얼굴과 머리가 으깨어지는 소리를 너무도 생생하게 들으면서 정신이 아득하게 꺼지는 것을 느꼈다.

 기개세는 오른발에 천신기혼을 실어 이반의 얼굴을 짓이기고는 그의 생사를 확인할 겨를도 없이 그대로 숲을 향해 일직선으로 쏘아갔다.

 숲에 들어가기 직전에 힐끗 돌아보니, 이반이 머리가 피투성이가 되어 허공으로 붕 떠오르고 있었다.

 기개세가 태기산맥에 들어온 지 반나절이 지났다.

 그는 울창한 산속을 삼백여 리나 달린 후에 태기산맥 한가운데에 있는 박산현(博山縣)에서 크게 우회하여 북상하기 시작했다. 쌍봉선을 찾아가려는 것이다.

 물론 박산현에 들어가지는 않았다. 그곳에 들러서 흔적을 남길 만큼 그는 우둔한 사람이 아니다.

그때까지 그는 단 한 명의 추격자도 발견하지 못했다. 무한겁별로부터의 탈출은 멋들어지게 성공했다.

다만 싸움에서 도망쳤다는 수치심만 버린다면 말이다. 하지만 목숨보다 소중한 것은 없다. 그리고 그의 목숨은 단순히 그의 것이 아니다.

더구나 이것은 작전상 후퇴일 뿐이다. 언젠가는 신삼별조를 완벽하게 박살 내줄 것이다.

반나절 동안에 그의 천신기혼은 완전히 회복됐다.

하지만 그는 고공으로 올라가서 비행하지 않고 계속 땅 위로만 달렸다. 그렇게 하면 무한겁별에게 발각될 것을 염려하기 때문이다.

그는 이번에 제남성에서 지옥잔별과 무헌겁별과의 연이은 싸움에서 한 가지 사실을 뼈저리게 깨달았다.

자신이 하루빨리 천신여의지경을 최고 경지까지 이루어야 한다는 사실이다.

현재 그는 천신여의지경을 오경까지 이룬 상태다. 만약 최고 경지까지 이룬다면 그는 말 그대로 천상천하무적의 존재가 될 것이다.

그 필요성을 기개세는 절실하게 깨달았다. 수라쾌별이나 지옥잔별의 합공에 쩔쩔매고, 무한겁별의 합공에는 도망을 쳐야 하는 지금의 실력으로는, 울제국으로부터 중원천하를 되찾기는커녕 사랑하는 사람들조차 지키지 못하는 신세를 면치 못할 터이다.

하지만 천신여의지경을 최고 경지에 이르게 하는 것은 절대로 쉬운 일이 아니다.

여북했으면 역대 여덟 명의 태문주들 중에서 단 한 명도 최고 경지를 이룬 사람이 없었겠는가.

지난 이천오백여 년 동안 천하에 불어닥친 여덟 차례의 대혈풍에 대한 역사를 기록한 천검신서에 의하면, 현재 삼황사벌이 일으킨 아홉 번째의 대혈풍이 가장 규모가 크고 또 세력도 제일 막강한 것으로 드러났다.

그렇다면 기개세가 역대 태문주와 비슷한 실력을 갖고는 대혈풍을 종식시킬 수 없다는 결론이다.

'어떻게든 천신여의지경을 이루어야만 한다. 어떻게든……'

기개세는 줄곧 그 생각에 골몰하면서 북상하고 있었다.

'응?'

그때 문득 그는 이상한 기척을 느끼고 멈칫했다.

꽤 먼 곳에서 발생하는 사람의 숨소리와 심장박동 소리를 감지한 것이다.

하지만 그것은 기개세이기 때문에 감지할 수가 있었다. 절정고수 수준이라면 결코 감지할 수 없는 은밀한 움직임이고 또한 먼 거리다.

서쪽 이십여 리 밖에서 들려오는 숨소리와 심장박동 소리는 그곳에서 삼십여 명 정도가 기개세가 있는 방향으로 빠르게 이동하고 있음을 알려주었다.

그런데 곧 숨소리와 심장박동, 그리고 미세하게 풀잎을 스치는 소리 같은 것들이 더 많이 들려오기 시작했다.

절정고수에게는 들리지 않는 그런 소리들이 기개세에게는 가을밤에 풀벌레들이 귀가 따갑도록 시끄럽게 울어대는 소리로 들렸다.

그것들은 모두 같은 거리인 이십여 리 밖이다. 그리고 동쪽과 북쪽을 연결한 방위에서 들려왔다.

즉, 대단히 많은 인원이 이십여 리 밖 동쪽과 북쪽을 이으면서 포위지세를 구축했다는 뜻이다.

기개세를 포위하거나 추격하는 세력이라면 신삼별조밖에는 없다. 그들이 분명할 것이다.

놈들은 기개세가 쌍봉선으로 갈 것이라는 사실을 예측하고 길목을 차단하여 매복을 시켜둔 것이다.

기개세는 남쪽으로 이백여 리 내려갔다가 동쪽으로 백여 리, 그 이후에 북상을 하고 있는 중이다.

그런데 그들은 곧장 태기산맥의 북쪽과 동쪽으로 가서 막아버렸다.

그러므로 기개세가 아무리 빠르다고 해도 그들보다 빠를 수는 없었다.

놈들은 기개세가 그곳으로 오든 오지 않든 줄기차게 기다리고 있을 것이다.

기개세는 그 자리에 멈추고 생각에 빠져들었다.

'이놈들이 길목을 막는 것을 보면 아직 쌍봉선을 찾지 못했을 가능성이 크다.'

울제국이 만약 쌍봉선을 제압해서 배에 탄 사람들을 죽였거나 끌고 갔다면 이런 식으로 나오지 않을 것이다.

하지만 어쩌면 이것은 역(逆)에 역(逆)을 이용하는 고단수일지도 모른다.

이미 쌍봉선을 제압해 놓은 상태에서 기개세가 그곳으로 갈 것이라고 예측하여 길목을 지키고 있는 것일 수도 있다.

어쨌든 초조해서 애가 타는 사람은 기개세다. 하지만 이대로 북상할 수는 없다.

싸움이 무섭지는 않지만 싸우면서 시간을 허비하기 싫기 때문이다.

그사이에 쌍봉선과 아미에게 무슨 일이라도 생긴다면, 그는 죽을 때까지 후회하게 될 것이다.

놈들은 아직 기개세의 존재를 감지하지 못했다. 놈들 중에는 그 정도로 뛰어난 놈이 없다.

잠시 멈췄던 기개세는 방향을 바꿔 다시 남쪽으로 쏘아가기 시작했다.
  남쪽으로 더 멀리 내려갔다가 동쪽으로 가서 크게 우회하여 놈들의 포위망 바깥으로 다시 북상할 생각이었다.
  시간이 많이 걸리겠지만 신삼별조와 싸우면서 더 많은 시간을 허비하는 것보다는 낫다.
  서쪽으로는 아예 갈 생각조차 하지 않는다. 그쪽 방향에는 제남성이 있고 그 너머에는 안휘성이 있다.
  산속을 달리는 것은 평지와는 달리 속도가 늦을 수밖에 없다. 나무와 바위, 계곡, 봉우리 등을 다 피해서 쏘아가야 하기 때문이다.

第百十七章

죽이고 또 죽이고

대사부

 태기산맥 산중에서 남쪽으로 오십여 리가량 쏘아가던 기개세는 갑자기 신형을 멈추었다.

 남쪽 숲을 주시하는 그의 미간이 찌푸려졌다. 그가 멈춘 곳에서 남쪽으로 이십여 리 거리에 아까하고 같은 기척을 감지한 것이다.

 처음에는 몇십 명인 것 같더니 잠깐 사이에 수백 명의 기척이 감지되었다.

 그리고는 서쪽과 동쪽에서도 같은 기척이 감지되었다. 오직 북쪽만 열려 있는 상황이다.

'이런……'

그의 얼굴이 일그러졌다. 태기산맥 중에서 자신이 신삼별조에게 포위됐다는 사실을 깨달은 것이다.

기개세는 이반을 때려눕힌 직후 태기산맥으로 뛰어들었을 때, 그것으로 추격을 완전히 따돌렸다고 판단했었다.

그런데 신삼별조는 기개세가 추호도 예상하지 못했던 계책을 사용했다.

즉, 태기산맥 전체를 완전히 포위해서 점차 좁혀드는 계책인 것이다.

만약 기개세가 태기산맥으로 들어간 후 계속 남쪽으로 달렸다면 신삼별조는 절대로 그를 추격하지 못했다.

그러나 그는 쌍봉선으로 가야만 하기 때문에, 그리고 추격을 따돌리려고 남쪽으로 가다가 동쪽으로 방향을 전환했고, 그다음에는 북상을 했었다. 그러는 데 반나절이나 걸렸다.

하지만 신삼별조는 기개세가 태기산맥에 들어가자마자 그를 포위하는 계책을 실행했다.

그가 반나절이나 시간을 허비하는 사이에, 신삼별조는 묵묵히 포위망을 형성했던 것이다.

'이것들이……'

기개세는 뒤통수를 호되게 맞았다는 생각에 불끈 분노가 치솟았다. 쌍봉선으로도, 아미에게도 가지 못하게 된 것에 대한 분노다.

그리고는 가슴속에서 살심이 일었다. 포위망을 형성하고 있는 신삼별조들을 닥치는 대로 죽이고 싶은 잔인한 마음이 걷잡을 수 없을 정도로 들끓었다.

하지만 그는 어금니를 지그시 악물고 들끓는 마음을 진정시키려고 애썼다.

지금 발작하는 것은 신삼별조가 바라고 있는 바다. 그대로 따라줄 수는 없다.

그는 고공으로 아주 높게 떠올라서 이곳을 벗어나는 방법을 생각해 보았다.

그러나 그것도 여의치가 않다. 만약 고공에서 또다시 무한겁별에게 걸려들면 수라쾌별이나 지옥잔별과 싸우는 것보다 몇 배나 더 골치 아파진다.

그는 고공에서 무한겁별에 포위당하면 어떻게 되는지 그는 이미 쓰라린 경험을 해봤다.

그가 고심하고 있는 사이에도 적들의 기척이 점차 가까워지고 있었다.

그렇다고 해봐야 아직 적들은 이십여 리 밖에서 다가오고 있는 중이다.

'할 수 없다. 정면으로 뚫는다.'

결국 그는 그렇게 결정했다. 북쪽을 정면으로 돌파하겠다는 것이다.

일견 단순한 것 같지만, 어떤 상황에서는 단순한 방법이 가장 좋은 해결책일 수도 있다.

하지만 그는 호락호락한 싸움은 하지 않을 생각이다. 산속에서는 신삼별조의 자랑인 합공을 펼칠 수는 있지만 평지에서처럼 큰 위력을 발휘하지는 못할 것이다. 그렇기 때문에 적의 약점을 최대한 이용할 생각이다.

신삼별조 전체가 태기산맥 전역을 포위했다면 의외로 포위망은 두텁지 않을 수도 있다. 그러므로 일직선으로 뚫으면 승산이 있다는 생각이다.

기개세는 그렇게 결정을 하고 나니까 한시바삐 북쪽으로 한 걸음이라도 더 가야겠다는 조바심이 생겼다.

늦가을의 산속은 온통 갈색으로 물들어 있다.

이곳은 아름드리나무들이 빽빽하게 들어차 있으며, 바닥에는 낙엽이 수북한 구릉이다.

이따금 다람쥐와 산토끼, 그리고 산새들이 먹이를 찾아서 이리저리 돌아다니고 있을 뿐 여느 산속의 풍경하고 다를 바가 없는 광경이다.

그 속에서 추호의 기척도 없이 무엇인가 움직이고 있었다.

하지만 그것이 무엇인지 보이지도 들리지도 않는다. 게다가 공기도 일렁이지 않는다.

오죽하면 산짐승이나 산새들조차 그 움직임을 감지하지 못한 채 한가롭게 뛰어다니거나 날고 있을 정도겠는가.

지독히도 은밀하게 움직이고 있는 것은 무한겹별이다. 허공에서는 은의에 은색 견폐를 둘렀었으나, 이곳에서는 나무나 낙엽과 같은 색인 갈색 옷을 입은 채 추호의 기척도 흘리지 않은 채 남쪽으로 이동하고 있다.

그들이 걸친 견폐는 은신술에 필요한 도구다. 모습을 감출 때 그것을 둘러쓰고 지형지물을 최대한 이용하면 나무나 바위, 낙엽으로만 보인다.

아무런 지형지물이 없는 허공에서도 모습을 감추는데 하물며 이런 곳에서의 은신술은 땅 짚고 헤엄치기다.

중원무림에서는 은신술이 사파나 요계의 인물들이 사용하는 저급한 사술이지만, 삼황사벌에서는 절정고수들마저도 아무렇지도 않게 사용하고 있다.

현재 신삼별조 전원이 태기산맥을 포위한 채 서서히 포위망을 좁히고 있었다.

그중에서 무한겹별은 북쪽을 맡았다. 천검신문 태문주가 쌍봉선을 찾으러 북쪽으로 갈 것이라고 확신했기 때문에 제일 강한 그들이 북쪽을 맡은 것이다.

신삼별조를 총지휘하는 것은 태자 이반이다. 그는 기개세의 회심의 발길질 일격에도 죽지 않았다.

그것은 운이 좋았다고밖에는 설명할 수가 없다. 기개세는 이반이 완전히 무방비 상태라 여기고 약간의 천신기혼을 오른발에 주입하여 그의 얼굴을 갈겼었다.

더 많은 천신기혼을 주입하면 쏘아가는 속도가 떨어질 것 같아서 약간만 주입했던 것이다.

그리고 그 당시 상황으로는 그 정도로도 충분히 이반을 죽일 수 있었다.

원래대로라면 이반은 머리통이 박살 나서 그 자리에서 즉사해야 마땅했다.

그러나 천운이 따라주었다. 절체절명의 순간에 사력을 다해서 끌어당겼던 공력이 삼 할 정도 회수되었고, 그것이 얼굴에 호신막을 형성했던 것이다.

물론 기개세의 일격에 호신막은 산산이 부서졌다. 하지만 충격을 상당히 상쇄시켜 주었다. 그 덕분에 이반은 구사일생 목숨을 건질 수가 있었다.

하지만 그는 죽을 때까지 짊어지고 가야만 할 크나큰 상처를 입었다.

그리고 치욕스럽게 살아남았다는 수치심 때문에 기개세를 찢어 죽이고 싶다는 분노가 그의 온몸과 정신을 지배했다.

그는 기개세, 아니, 태문주를 죽이지 않고는 자금성으로 돌아가지 않을 각오를 품었다.

이반은 지옥잔별주로부터 자세한 보고를 받고 사태를 분석한 결과 태문주가 반드시 쌍봉선으로 갈 것이라는 판단을 내렸다.

그래서 태기산맥 북쪽에 무한겁별 천여 명 전원을 배치한 것이다.

무한겁들은 은신술을 전개한 상태에서도 빠른 속도로 남하하고 있다.

어느 나무 뒤에 있던 한 명의 무한겁이 수북하게 쌓인 낙엽 위를 추호의 기척이나 흔적도 남기지 않고 이동하여 십오 장 떨어진 다른 나무 뒤로 모습을 감추었다.

갈색 견폐를 뒤집어쓴 그는 눈만 내놓고 있지만 외부에서는 그 눈조차도 보이지 않는다.

서억.

"……."

그때 문득 그는 자신의 뒤통수가 뜨끔한 것을 느꼈다.

그는 움찔 놀라면서 재빨리 뒤통수를 만지면서 주위를 둘러보았다.

주위에 사람은 한 명도 보이지 않았다. 무한겁들은 같은 무한겁의 눈에도 띄지 않게 움직이고 있다.

그런데 뒤통수를 만지던 무한겁의 손가락 끝에 하나의 작은 구멍이 만져졌다. 그리고 그 구멍으로 뜨뜻한 액체가 콸콸 쏟아져 나왔다.

그뿐 아니라 미간에서도 같은 액체가 줄줄 흘러내려 입속으로 들어왔다.

진한 피 맛이다.

그는 손을 앞으로 하여 이번에는 미간을 만져보았다. 거기에도 뒤통수처럼 작은 구멍이 뚫려 있었다.

그제야 그는 자신의 뒤통수에서 미간까지 구멍이 관통됐다는 사실을 깨달았다.

'어째서……'

속으로 중얼거리다가 그는 푹 앞으로 고꾸라져서 숨이 끊어졌다.

하지만 누가 자신을 죽였는지, 왜 죽어야 했는지는 끝까지 알지 못했다.

방금 죽은 자는 무한겁별 중에서 가장 남쪽에서 이동하고 있던 자다. 이를테면 첨병(尖兵)이었다.

물론 그를 죽인 사람은 기개세다. 그는 마침내 무한겁별과 마주쳐서 최초의 무한겁을 추호의 기척도 없이 죽였다.

그는 방금 죽은 무한겁이 은신하고 있는 나무에서 일 장쯤 떨어진 옆쪽의 나무 뒤에 숨어 있었다.

만약 그 무한겁이 조금만 자세히 살펴봤다면 기개세를 발견했을 것이다.

다행히 무한겁은 그 나무 뒤에 도착하자마자 자신이 지나온 곳에 흔적이 남았는지 뒤돌아보느라 기개세를 발견하지 못했고, 뒤통수를 훤하게 드러내고 말았다.

기개세가 발출한 무형, 무음의 천신기혼에 무한겁이 신음소리도 내지 못한 채 즉사한 것이다.

무한겁들은 산짐승도 속일 정도의 절묘한 은신술을 발휘하고 있었으나 기개세를 속일 수는 없었다.

무한겁들은 숨소리를 거의 내지 않고 있는데도 기개세의 귀에는 천둥소리처럼 크게 들린다.

꼭 숨소리가 아니더라도 그는 무한겁들의 기척을 최소한 열 가지 이상을 감지하고 있었다.

더구나 지금 기개세는 천신목이를 전개하고 있다. 천신기혼을 눈과 귀로 모으면 세상에 존재하는 것들 중에서 보이지 않고 들리지 않는 것이 없다는 바로 그 천신목이다.

지금 그의 목적은 많은 무한겁을 죽이는 것이 아니다. 그들에게 발각되지 않고 북행(北行)하는 것이다.

방금 그가 죽인 무한겁은 기개세에게 너무 가깝게 다가왔다. 그러니 그를 죽이지 않을 수 없었다.

그를 피해서 갈 수도 없었다. 다른 곳에는 더 많은 무한겁들이 전진하고 있었기 때문이다.

최초의 무한겁을 죽인 기개세는 숨어 있는 나무에서 꼼짝도 하지 않고 북쪽을 주시했다.

가까이는 오륙 장, 멀게는 십여 장까지 주위에서 대여섯 명의 무한겁들이 접근하고 있는 중이다.

그중에서 두 명이 그가 있는 쪽으로 기척없이 빠르게 다가오고 있었다.

아직은 아니지만 기개세는 한 호흡 안에 그들 두 명에게 발각될 위기에 처했다.

그런데 그들 대여섯 명 뒤로 더 많은 무한겁들이 전진해 오고 있는 것이 보였다.

그리고 그 뒤로는 더 많았다. 끝없이 몰려오고 있었다. 남쪽으로 이동하면서 포위망을 좁히고 있는 것이다.

이들 뿐만 아니라 동쪽과 서쪽, 남쪽에서도 이 순간 포위망을 좁혀오고 있었다.

기개세가 나무 위로 올라가는 것도 소용이 없다. 무한겁들은 나무 위에서 나무 위로 신형을 날리면서 이동하는 자들도 많기 때문이다.

발각되면 순식간에 포위당하고 만다. 아무리 산속이라고 하지만 무한겁의 합공은 여전히 위협적이었다.

될 수 있으면, 아니, 어떻게 하든지 무한겁에게 합공의 빌미를 줘서는 안 된다.

또한 숲 위로 뚫고 솟구쳐 올라 바람을 타고 북상하는 것은 아직도 위험하다.

그러는 순간 즉시 발각되고, 북쪽에서 남하하고 있는 무한겁들이 솟구쳐 올라 마주 쏘아오면서 합공을 펼치면 결국 포위망에 갇혀 버리고 만다.

'역시 뚫는 것뿐이다.'

기개세는 은신술은 하지 못하지만 속도가 빨라서 일단 최고 속도로 쏘아가면 그의 모습을 제대로 분간하지 못할 뿐만 아니라, 아무리 무한겁이라고 해도 찰나지간에 공격을 하지 못할 것이다.

결정을 내리자마자 그의 신형은 빛살이 되어 북쪽으로 쏘아 나갔다.

마주 쏘아오고 있는 두 명의 무한겁이 흐릿한 그의 모습을 발견하고 멈칫하는 것이 보였다.

그들은 기개세가 너무 빨라서 그 물체가 무엇인지 알아보려고 눈의 초점을 모으고 있는 중이었다.

순간 기개세의 손에서는 어느새 보이지 않는 무형지기가 일체의 기척 없이 뿜어졌다. 빠른 사람에게는 항상 싸움의 우선권이 주어진다.

마주 오던 두 명의 무한겁이 불길함을 느끼고 멈칫, 다음 행동을 미처 취하기도 전에 무형지기는 두 개로 갈라져서 그

죽이고 또 죽이고 103

들의 미간을 꿰뚫었다.

무형지기는 강력한 위력보다는 바늘처럼 가는 천신기혼이기 때문에 그것에 적중된 두 명의 무한겁은 미간이 관통된 상태에서도 계속 앞으로 쏘아갔다.

퍽! 퍽!

그들이 낙엽 더미에 얼굴을 묻으면서 고꾸라졌을 때 기개세는 이미 십여 장 밖을 쏘아가고 있는 중이었다.

그가 쏘아가고 있는 방향에서 마주 쏘아오던 세 명의 무한겁이 그를 발견하고 재빨리 나무 뒤로 몸을 감추는 것이 눈에 띄었다. 그가 두려워서 피하려는 것이 아니라 급습하기 위해서다.

거리는 십오륙 장 정도. 그들의 모습은 아름드리나무에 가려서 조금도 보이지 않는다.

기개세는 쏘아가는 속도를 늦추지 않고 왼손을 가볍게 흔들었다.

한 줄기 바늘처럼 가느다랗고 흐릿한 빛살이 전면을 향해 폭사되었다.

슛!

천신기혼을 그냥 발출하면 무형지기가 되지만, 최고조로 빠르게 발출하면 흐릿하게 보이며 미약한 음향을 낸다. 하지만 속도는 그냥 발출하는 것의 세 배에 달한다.

한 줄기로 쏘아가던 빛살은 세 개로 갈라져서 부챗살처럼 펼쳐지더니 세 명의 무한겁이 숨어 있는 세 그루 나무를 그대로 적중시켰다.

퍼퍼퍽!

둔탁한 음향이 고요한 숲 속을 울렸다.

그 순간 기개세는 세 명의 무한겁이 숨어 있는 나무를 빛처럼 스쳐 지났다.

그는 숨어 있던 무한겁들에게 눈길도 주지 않았다. 그들이 이미 숨이 끊어진 것을 알고 있기 때문이다.

그들의 숨소리와 심장박동 소리가 더 이상 들리지 않는다는 것도 있지만, 자신의 실력을 확신한다.

과연 아름드리나무 뒤에 숨었던 세 명의 무한겁은 셋 다 정확하게 미간이 관통되어 나무 뒤에 선 채로 뻣뻣하게 즉사했다.

그들의 손은 어깨의 기형검을 뽑으려는 자세를 취하고 있는 상태였다.

방금 터진 둔탁한 음향에 주위에 있던 모든 무한겁들이 일제히 전진을 멈추고 그곳을 쳐다보았다.

그때는 이미 기개세의 모습은 보이지 않고 죽은 세 명의 무한겁만 나무 뒤에 뻣뻣하게 서 있을 뿐이다.

주위의 무한겁들은 재빨리 두리번거렸다. 그들은 세 명의 무한겁을 죽인 사람이 기개세일 것이라고 확신했다. 이토록 완벽한 솜씨는 그밖에 없다.

그즈음 그는 그곳으로부터 십오륙 장 북쪽을 구불구불하게 쏘아가면서 양손을 이리저리 흔들고 있었다.

투우…….

가장 빠르게 쏘아낸 천신기혼은 미세하게 공기를 격탕시키면서 그가 달려가고 있는 쪽에서 좌우로 갈라지면서 폭사되었다.

흐릿한 광채를 흩뿌리면서 좌우로 빛처럼 쏘아가는 것은 안쪽으로 많이 구부러진 손바닥 크기의 반월 형태였다.

그는 천신기혼으로 무형검을 만들기도 하지만 마음먹은 대로 어떤 형체든 만들 수도 있다.

지금 그가 반월 형태를 만들어서 폭사시킨 데에는 다 그만한 이유가 있었다.

좌우로 쫙 벌어져서 빛의 속도로 쏘아간 두 개의 반월은 칠팔 장 지점에 이르러서 갑자기 안쪽으로 급격하게 방향을 꺾었다.

카카칵!

오른쪽 바위 뒤에 숨어 있던 두 명과 왼쪽 나무와 낙엽 더미 속에 웅크리고 있던 두 명이 두 개의 반월에 목이 뎅겅 잘라졌다.

그들 네 명의 무한겁은 각기 다른 위치에 있었으나 반월은 마치 눈이 달린 것처럼 그들을 찾아내서 목을 잘랐다.

임무를 마친 반월은 그대로 허공에서 소멸해 버렸다.

여기까지 기개세가 죽인 무한겁들은 그를 발견하지 못했거나 발견했더라도 미처 생각을 행동으로 옮기지 못한 자들이었다.

휘이익~! 삐이익~!

날카로운 휘파람 소리가 몇 군데에서 들렸다. 기개세를 발견한 무한겁들이 신호를 보내는 것이다.

그러나 지금 기개세가 쏘아가고 있는 곳에서 수평선상에 있거나 뒤쪽에 있는 자들은 그와 마주칠 기회가 없다. 사력을 다해도 기개세의 속도를 따라잡을 수 없기 때문이다.

문제는 기개세 앞쪽, 즉 북쪽에 있는 자들이다. 그들이 과연 얼마나 있는지가 관건이었다.

또한 전면에 있는 자들이 여차하는 순간 한꺼번에 이십여 명 이상이 공격을 하게 되면 자연스럽게 합공의 형태로 이어질 것이다.

합공을 당해 잠시만 지체하면 그를 지나쳤던 무한겁들이나 넓게 포진한 채 남진하던 다른 무한겁들이 벌떼처럼 몰려들 것이다.

그렇게 되면 탈출이 어렵게 된다. 그뿐 아니라 그의 생사까지도 장담할 수 없는 지경에 이를 것이다.

현재 그는 남진하고 있는 무한겹들의 한복판으로 깊숙이 진입해 있는 상황이었다.

슬쩍 전면의 좌우를 쳐다보니 양쪽에서 남진하고 있던 이십여 명의 무한겹들이 기개세를 향해 비스듬히 방향을 틀어 쏘아오고 있었다.

기개세가 쏘아가고 있는 전방에는 여섯 명의 무한겹들이 마주 쏘아오고 있었는데, 무기를 뽑아 들고 만반의 준비를 갖춘 상태다.

드디어 본격적인 싸움이 시작되려 하고 있었다.

스릉—

기개세는 절대신검을 뽑아 움켜잡았다. 맨손으로 발출하는 천신기혼보다 절대신검으로 발출하는 천신기혼이 훨씬 위력적이다.

좌우에서 비스듬히 쇄도하고 있는 이십여 명의 무한겹들이 당도하기 전에 전방의 여섯 명을 돌파해야만 한다. 찰나지간이라도 머뭇거린다면 좌우 이십여 명에게 발목을 잡히고 말 것이다.

그렇다고 전방의 무한겹들이 얼마나 많은지도 모르는 상태에서 천신기혼을 과다하게 사용할 수는 없다.

전방의 여섯 명은 예의 독자적으로 움직이는 것 같으면서도 합공의 형태를 취하는 공격을 퍼부으며 전면 여섯 방향에서 기개세를 향해 저돌적으로, 그러나 기민하기 짝이 없는 동작으로 덮쳐 왔다.

기개세는 속도를 조금도 늦추지 않고 곧장 마주쳐 가며 절대신검을 치켜들었다.

그때 그는 마주쳐 오는 여섯 명 뒤쪽 십오륙 장 거리에서 이미 열다섯 명의 무한겁들이 모여들어 쏘아오고 있는 것을 발견했다.

여섯 명을 죽이고 나면 다음 순간 열다섯 명의 합공을 상대해야 한다.

그리고 그 뒤에는 또 다른, 그리고 더 많은 무한겁들이 합공을 해올 것이다. 그것은 마치 끊이지 않고 밀려오는 파도와도 같다.

한순간도 정신을 잃어서는 안 된다. 정신을 잃는다는 것은 혼절한다는 것이 아니라 얼음처럼 차갑고 맑은 정신이 조금이라도 흐트러지는 것을 뜻한다.

그렇게 되는 순간 적의 합공에 현재 기개세가 유지하고 있는 속도와 공격력이 흔들리게 될 테고, 무한겁들은 그 틈을 놓치지 않고 맹공을 퍼부을 것이다.

일 장 전면까지 쇄도한 여섯 명의 무한겁들은 기개세의 급소를 노리고 수중의 기형검을 맹렬하고도 번개같이 휘둘러

죽이고 또 죽이고 109

왔다.

하나같이 절정의 검법을 전개하고 있다. 또한 검에 공력을 실어서 더 빠르고 위력적이었다.

절정고수들은 변화무쌍한 초식을 사용하지 않는다. 어쨌든 상대의 목숨을 끊는 것은 가장 빠르고 정확한 수법이기에 그들은 빠르고 정확한 것에 초점을 맞춘다.

공격자가 한 명이고 상대도 한 명일 경우에는 공격자가 적의 여러 군데 급소를 노리는 것이 상식이다. 하지만 그럴 경우 속도와 정확도가 떨어진다.

지금 이들은 오직 한 군데 급소를 가장 빠르고 위력적으로 전개하기 때문에 가히 전광석화와도 같다.

또한 각 방위를 점한 상태에서 공격을 하기 때문에 합공의 효과도 발휘하고 있었다.

그와 같은 공격을 당하는 기개세의 입장에서는 몇 가지 대응을 할 수 있다.

첫째, 뒤로 물러서는 것이다.

다섯 명의 무한겁은 뒷문을 활짝 열어놓았기 때문에 기개세가 물러서기만 하면 공격 범위에서 즉시 벗어날 수 있다.

하지만 후미에서 무한겁들이 떼로 몰려들고 있었기 때문에 물러서는 것은 제 발로 함정으로 뛰어드는 것이나 마찬가지다.

둘째, 피하는 것이다.

그러나 다섯 명의 무한겁은 기개세의 후미를 제외한 전방과 좌우의 피할 수 있는 모든 공간을 차단하고 있기 때문에 피할 수가 없다.

고로 피하는 것은 무한겁에게 몸의 일부분을 찌르거나 자르라고 내미는 것이나 다름이 없었다.

셋째, 반격이다.

그러나 공격해 오는 다섯 자루 기형검을 무시하고 무조건 반격할 수는 없다.

여섯 명의 무한겁을 죽이기도 전에 기개세의 몸이 고슴도치가 되고 말 테니까.

반격을 하기 위해서는 공격해 오는 여섯 자루 기형검을 먼저 격퇴시켜야만 하는 것이 순서다.

물론 기개세가 취할 방법은 반격이다. 하지만 여섯 자루 기형검을 격퇴시키지 않고 반격을 할 것이다.

후우웅!

그가 오른팔을 완전히 뒤로 젖혀서 절대신검을 오른쪽 머리 높이에서부터 왼쪽 허리 높이까지 한차례 비스듬히 번쩍! 하고 그어 내리자 절대신검이 용음(龍吟)을 흘렸다.

쩌겅!

그 한차례의 동작에 기형검 여섯 자루가 한꺼번에 잘라지고, 기형검의 주인인 여섯 무한겁들의 몸도 한꺼번에 통째로 잘라졌다.

맨 오른쪽 무한겁은 머리 윗부분에서 뺨까지 얼굴이 뎅겅 잘라져 나갔으며, 맨 왼쪽의 무한겁은 옆구리에서 허벅지까지 뭉텅 베어졌다.

얼핏 보면 간단하면서도 무지막지한 일검 같지만, 그것을 자세히 들여다보면 심오하기 짝이 없다.

각기 다른 방향에서 찌르고 베어오는 여섯 자루 기형검 중에서 하나라도 놓친다면 기개세는 무한겁 여섯 명을 죽이고 자신도 찔리거나 베였을 것이다. 두 자루를 놓쳤다면 상황은 더 심각해졌을 것은 자명한 일.

하지만 공격해 오는 여섯 자루 기형검은 방향과 각도가 제각기 다르고 또 공격 시점도 다르다.

어떤 검은 조금 빠르고 어떤 검은 조금 늦다. 게다가 여섯 무한겁들의 위치와 자세마저도 제각각이다.

그것을 단 일 검에 벨 수 있는 기술은 단 하나, 여섯 자루 기형검이 공격해 오는 접점(接點)을 제대로 찾는 것이다.

제각기 공격해 오는 여섯 자루 기형검을 일검에 잘라 버릴 수 있는 일직선상(一直線上)에 놓이는 것을 포착하는 일.

그리고 제각기 다른 위치에 있는 여섯 무한겁을 일검에 벨 수 있는 일직선상을 포착하는 것.

이 두 개의 접점이 교차하는 순간에 정확한 각도로 검을 휘둘러야 여섯 자루 기형검도, 여섯 명의 무한겁도 한꺼번에 자를 수 있는 것이다.

촤아앗!

기개세가 무한겁 여섯을 베고 앞으로 쏘아 나갈 때 머리 위에서 네 명의 무한겁이 기형검을 떨치면서 덮쳐 내렸다.

그러나 기개세는 위를 쳐다볼 생각도 하지 않았다. 그들이 하강할 때 나는 미세한 기척으로 그들 각자의 위치를 정확하게 간파했다.

기개세는 절대신검을 전면을 향해 슬쩍 떨치면서 그대로 쏘아갔다.

삭!

순간 그의 앞쪽으로 하강하면서 공격해 오던 무한겁이 정수리에서 사타구니까지 일도양단되어 양쪽으로 쫙 쪼개졌다.

그 사이를 기개세는 번개같이 통과했다. 피가 동이로 붓는 것처럼 쏟아졌으나 그에겐 한 방울도 튀지 않았다.

그가 머리 위에서 공격하는 네 명 중에서 전면의 단 한 명만 죽인 이유는, 그자의 공격만이 자신에게 피해를 입힐 것이기 때문이었다.

기개세는 자신이 워낙 빠르게 쏘아 나가기 때문에 나머지 세 명의 공격은 허탕을 칠 것이라는 사실을 정확하게 계산한 것이다.

그는 질주하면서 재빨리 전방과 좌우를 쓸어보다가 얼굴빛이 흐려졌다.

예상했던 것보다 더 많은 무한겁들이 전방에서 마주 쏘아 오고 있으며, 전방의 좌우에서는 더 많은 무한겁들이 파도처럼 몰려들고 있었다.

그 수는 어림잡아도 백오륙십여 명이다.

"빌어먹을……."

실로 오랫동안 잊고 있었던 무창성 금비라 시절의 욕설이 저절로 입술 사이를 비집고 새어 나왔다. 그만큼 좋지 않은 상황인 것이다.

욕만 새어 나온 것이 아니다. 감정이 뒤틀리고 꼬이니까 지랄 같은 오기도 꿈틀거렸다.

"이 자식들. 한번 해보자는 거냐?"

그는 뺨을 씰룩이며 씹어뱉듯 중얼거렸다. 그러면서도 머리는 수레바퀴가 굴러가는 요란한 소리가 날 정도로 쉴 새 없이 회전했다.

'무슨 일이 있어도 합공에 걸려들면 안 된다. 그것만 아니면 해볼 만하다.'

그러는 사이에 그는 전면에서 마주쳐 오는 삼십여 명, 그리고 좌우에서 몰려드는 백이삼십여 명의 한복판으로 쏘아들고 있는 중이었다.

'뚫는다!'

후우…….

금빛 투명한 호신강기가 그의 몸 주위에 둘러쳐졌다.

무한겁 여러 명이 일렬로 서서 앞사람에게 공력을 전가해 주는 방식의 합공으로 강기만 발출하지 않는다면 그의 호신강기는 뚫리지 않는다.

그리고 지금 무한겁들은 무서운 속도로 돌진해 오는 기개세를 막기에 급급해서 그런 식의 합공을 할 엄두를 내지 못하고 있었다.

기개세는 무서운 속도로 쏘아가면서 태기산맥이 떠나갈 정도로 쩌렁쩌렁하게 외쳤다.

"이 자식들아! 내가 바로 천하제일 기개세다—!"

第百十八章
합공의 소용돌이

대사부

"지… 독한 계집이다."

신삼별조의 특기 중 하나는 침묵이다. 그들은 꼭 할 말이 있으면 자기들끼리 전음으로 한두 마디 할 뿐, 그 외에는 하루 종일 입을 굳게 닫고 있다.

그런데 지금 지옥잔 중에 한 명이 온몸을 부들부들 떨면서 공포에 질린 듯한 목소리로 말문을 열었다.

그는 목 옆쪽이 쩍 벌어져서 콸콸 새빨간 피를 쏟아내면서 한곳을 쳐다보고 있었다.

그의 시선이 멈춘 곳에는 한 사람이 우뚝 서 있었다.

온몸에 피를 뒤집어써서 남자인지 여자인지 구별할 수 없는 사람이다.

쿵!

그때 방금 전에 중얼거렸던 지옥잔이 앞으로 쓰러지며 얼굴을 땅에 처박았다.

얼굴에서 발끝까지 새빨간 피를 뒤집어쓴 남녀의 구별이 안 되는 사람은 그 자리에 우뚝 선 채 천천히 한 바퀴를 돌아보았다.

얼굴에도 바늘 하나 꽂을 틈조차 없이 피를 뒤집어썼는데, 두 눈에서 서늘한 한기가 줄줄이 쏟아졌다.

이곳은 황일교 포구다. 서 있는 사람은 그 혼자뿐이고, 주위 바닥에는 백오십여 구의 시체들이 즐비하게 깔려 있다.

시체들은 모두 지옥잔들이다. 하나같이 온전한 모습이라고는 없다.

목이 잘린 것은 그나마 봐줄 만하고, 죄다 배가 갈라져서 내장을 쏟아내고 몸통이 통째로 잘라지거나 팔다리가 잘라져서 죽은 자들이다.

피비린내와 바닥에 쏟아져 있는 오장육부에서 나는 비린내가 포구 전체를 진동시켰다.

일 년 내내 황일교 포구를 뒤덮고 있는 생선 비린내는 시체 냄새에 묻혀서 아예 맡아지지도 않았다.

저 멀리 포구 가장자리에 줄지어 늘어서 있는 점포들은 모두 굳게 닫혀 있으며, 그 안에 꼭꼭 숨어 있는 포구 사람들이 문틈으로 숨죽인 채 바깥의 동정을 살피고 있었다.

그러다가 포구에 서 있는 피투성이 인물이 점포 쪽을 쳐다보면 사람들은 질겁해서 엉덩방아를 찧으며 자빠졌다.

드넓은 포구에 서 있는 사람은 피를 뒤집어쓴 그 사람 한 명뿐이다.

그는, 아니, 그녀는 다름 아닌 아미였다.

기개세가 짐작했던 대로 지옥잔 백오십여 명이 황일교 포구에서 아미를 기다리고 있었다.

아미는 황일교 포구에서 쌍봉선을 찾지 못하고 다시 기개세에게 돌아가려다가 포구 곳곳에 매복해 있는 지옥잔들의 급습을 받았다.

그때부터 그녀는 지옥잔 백오십여 명의 합공을 상대로 정말 치열하게 싸웠다.

아미나 지옥잔들은 서로 한 치의 양보도 없이, 그리고 이성을 잃은 채 악귀들처럼 싸웠다.

그 싸움이 방금 전에 마지막 지옥잔이 죽음으로써 끝났다.

휘청.

"아……."

그때 아미가 쓰러질 듯이 크게 비틀거렸다. 그리고 입에서 나직한 신음이 새어 나왔다.

주르르…….

언제부턴가 그녀의 몸에서 바닥으로 피가 흘러내리고 있었다. 그녀가 뒤집어쓴 피는 지옥잔들의 피와 자신이 흘린 피가 합쳐진 것이었다.

쿵!

기어코 그녀는 한쪽 무릎을 바닥에 묵직하게 꿇었다.

"문주께 가야 해……."

중얼거리다가 그녀는 울컥 핏덩이를 토했다. 핏덩이에는 조각 난 내장이 섞여 있었다.

그녀는 손바닥으로 바닥을 짚고 몸을 가늘게 떨면서 일어나려고 애를 썼다.

저 멀리에서 울고수와 울군사들이 조금씩 다가오고 있는 것이 눈에 띄었다.

그들은 아미와 지옥잔들의 싸움이 너무도 치열하고 소름이 끼쳐서 감히 접근도 하지 못한 채 그저 먼발치에서 지켜보기만 했었다.

그리고 아미 혼자 살아남았을 때에는 그녀가 마치 아수라처럼 여겨져서 감히 다가올 엄두를 내지 못했다.

그런데 그녀가 한쪽 무릎을 꿇자 주춤거리면서 다가오기 시작한 것이다.

제아무리 역사에 기록될 만큼 위대한 인물이라고 해도, 또한 산천초목을 떨게 만드는 초절고수라고 해도 칼로 찌르면 죽을 수밖에 없는 것이다.

 아미가 지옥잔 백오십여 명을 죽이는 것을 울고수와 울군사들이 똑똑히 목격했지만, 그들은 원래 제대로 훈련된 일류고수고 강군(强軍)이다.

 어느 한순간 울고수와 울군사들이 포구 양쪽에서 아미를 향해 물밀 듯이 몰려오기 시작했다.

 급박한 발자국 소리를 들은 아미는 고개를 들고 그들을 바라보았다.

 어깨를 들먹이면서 가쁜 숨을 토해내고 있었지만 눈빛만은 아직도 서늘했다.

 그녀는 어깨를 깊고 길게 베였고, 가슴 한복판을 찔렸으며, 옆구리와 허벅지를 깊게 베었다.

 보통 사람이라면 그 여러 개의 상처 중에 하나만으로도 능히 죽을 수 있었다.

 현재 아미는 전체 천신기혼의 칠 할을 잃은 상태다. 만약 지금 또다시 지옥잔의 합공을 받으면 어떻게 될는지 장담할 수 없는 상태였다.

 스으…….

 이윽고 그녀는 천천히 몸을 일으켜 우뚝 섰다.

그러자 파도처럼 몰려오던 울고수와 울군사들이 뚝 그 자리에 정지했다.

타앗!

순간 그녀는 있는 힘을 다해서 두 발로 힘껏 바닥을 박차고 허공으로 솟구쳐 올랐다가 방향을 꺾어 동북쪽을 향해 쏜살같이 날아갔다.

울고수와 울군사들은 아스라이 사라져 가는 아미를 망연히 바라볼 뿐이었다.

*   *   *

용산촌(龍山村).

태기산맥 북쪽 끝 평야가 시작되는 곳에 위치한 마을이다.

마을 남쪽 밖에 하나의 넓은 차일이 쳐져 있고, 그 아래 일단의 사람들이 모여 있다.

커다란 태사의에 앉아 있는 사람은 화려한 금의와 피풍의(皮風衣:바람막이)를 걸치고 있다.

얼굴이 흉하게 일그러진 모습이라서 용모는 물론 나이조차도 짐작하기 어려웠다.

오른쪽 뺨이 움푹 꺼졌으며, 입과 코와 눈이 함몰된 뺨 쪽으로 잡아당긴 듯한 모습이며, 그것 때문에 오른쪽 눈이 거의 감겨져 있었다.

 금의인 좌우에는 세 명씩 여섯 명의 각기 다른 색 옷을 입은 중년에서 초로까지의 인물들이 나란히 늘어서 있었다.

 또한 차일 밖 양쪽과 뒤쪽 먼발치에는 울고수 수천 명이 질서있게 도열해 있었다.

 차일 아래의 일곱 명은 전방 남쪽 방향 수백 장 거리에 있는 완만한 경사의 언덕을 이루고 있는 거대한 산을 주시하고 있었다.

 그 산 너머로는 하늘을 찌를 듯이 솟아 있는 고산준령들이 손에 잡힐 듯 아스라이 보였다.

 태기산맥이다.

 차일 아래 태사의에 앉은 금의인은 벌써 오랫동안 눈도 깜빡이지 않은 채 산을 쏘아보고 있었다.

 금의인은 바로 태자 이반이다. 기개세에게 얼굴을 정통으로 발길질당하고서도 천행으로 목숨을 건졌다.

 그러나 오른쪽 광대뼈와 뺨이 움푹 함몰하는 바람에 얼굴 전체가 일그러졌다.

 자신의 준수한 용모를 그토록 자랑스럽게 여겼던 이반은 이제 더 이상 그럴 수 없게 되었다.

 하지만 그는 그것 때문에 예전에는 몰랐던 새로운 사실 하나를 깨닫게 되었다.

자신에게 많은 부인과 여자들이 따르고, 또한 더 이상 오를 수 없을 정도로 완벽한 부와 권세를 누리고 있는 이유가 준수한 용모 때문이 아니라 자신의 능력과 막강한 권력 때문이라는 사실을.

이반은 아직 온전한 상태가 아니다. 기개세의 일격은 그의 얼굴만 흉측하게 만들었을 뿐만 아니라 심각한 내상까지 입혔다.

그로 인해서 그는 아직 내상을 치료하는 중이며 공력의 절반 정도가 회복되지 않은 상태였다.

한계를 넘은 분노와 원한은 오히려 침착함을 불러온다. 지금 그가 그렇다.

기개세에 대한 분노와 원한이 얼마나 깊고 높은지 측량할 수 없을 정도인데도 표정뿐만 아니라 정신과 감정까지도 호수처럼 고요하다.

그것은 아마도 '복수'라는 명제 때문일 것이다. 지나친 흥분은 외려 복수에 방해가 된다는 사실을 잘 알고 있기에 본능적으로 침착해진 것이다.

푸드득.

그때 한 마리 전서구가 산속에서부터 나와서 곧장 차일을 향해 날아왔다.

전서구는 이반 오른쪽 가까이에 서 있는 한 인물이 내민 팔

둑에 내려앉았다.

이반 양쪽에 늘어서 있는 여섯 명은 그의 충복인 구룡신장 중의 여섯 명이다.

다른 세 명, 즉 화룡, 탕룡, 마룡신장은 낙양대전에서 기개세에게 죽임을 당했고 이들 여섯 명만 남았다.

지금 전서구의 발목에 묶인 대롱에서 서찰을 꺼내고 있는 자는 이반의 책사 격인 잠룡신장이다. 그는 꺼낸 거찰을 공손히 이반에게 바쳤다.

이반은 한 손으로 서찰을 받아 읽기 시작했다.

서찰에는 현재 천검신문 태문주가 태기산맥 북단으로부터 오십여 리 지점에서 무한겁별과 싸우고 있으며, 죽은 무한겁은 약 이백여 명이고, 태문주도 몇 군데 상처를 입었다는 것, 그리고 지금의 속도대로라면 태문주가 한 시진 이내에 태기산맥을 빠져나갈 것이라는 내용들이 자세하게 적혀 있었다.

와작!

이반은 손안에서 서찰을 구기며 조용한 어조로 입을 열었다.

"준비하라."

그러자 잠룡신장이 누군가를 쳐다보면서 가볍게 고개를 끄덕였다.

잠룡신장에게서 신호를 받은 인물이 즉시 울고수들을 향

해 쏘아갔다.

그는 얼굴과 드러난 손이 마치 문불사(蚊不死·곰보)처럼 지독하게 얽힌 흑포를 입은 자다.

얼마 전까지만 해도 그는 그런 몰골이 아니었다. 개봉성 북쪽 황하 강변에서 독고비와 싸우다가 그녀의 검이 산산조각 나면서 온몸에 박히는 바람에 중상을 입었고, 지금의 몰골이 된 것이다.

뿐만 아니라 그는 자신의 애검인 오룡신검마저도 독고비에게 뺏기는 수모를 당했었다.

"배는 어찌 되었느냐?"

이반이 묻자 잠룡신장이 공손히 허리를 굽혔다.

"울고수들이 전력으로 찾고 있으나 아직 이렇다 할 소식이 없습니다."

쌍봉선을 말하는 것이다. 이반은 그 배에 태문주의 여자들이 타고 있을 것이라고 짐작한다.

또한 태문주와 천족 여자, 즉 아미와 불도주가 지옥잔별을 급습하려고 제남성으로 왔기 때문에 쌍봉선에는 고강한 자들이 남아 있지 않을 것이라고 판단했다.

이반은 태문주의 여자들을 매우 중요하게 여기고 있었다. 그래서 처음에는 그녀들을 자신의 여자로 만들려는 욕심이었으나, 지금은 태문주에게 복수를 하기 위해서 그녀들을 미끼로 사용할 계책이었다.

그런데도 신삼별조를 쌍봉선으로 보내지 못했다. 이쪽의 상황이 그곳보다 더욱 긴박하고 중요하기 때문이다.

"반드시 찾아라."

이반은 말은 그렇게 하면서도 진심을 담지 않았다. 배가 필요하지는 않을 것이라는 생각에서다.

오늘 이 자리에서 기필코 천검신문 태문주를 죽일 것이기 때문이다.

그러나 울고수들이 쌍봉선을 찾게 된다면 그 또한 나쁘지 않을 것이라는 생각이다.

태문주를 죽인 후에 그의 여자들을 차근차근 유린하는 것은 복수의 여운을 즐기는 것이다.

* * *

기개세는 천신기혼을 발출하는 것만으로는 마음에 들지 않았다.

싸움에, 아니, 죽이는 것에 몰두하다 보니까 더 다양한 수법으로 무한겁들을 죽이고 싶다는 생각이 절실해졌다.

그래서 기개세는 처음에는 천신록의 절학들을 하나둘씩 사용하다가 지금은 자신이 알고 있는 모든 무공들을 닥치는

합공의 소용돌이 129

대로 전개하고 있었다.

원래 천신기혼만으로 적들을 죽이는 것은 왠지 뭔가 부족한 듯한 느낌이었다.

그것은 마치 남의 손을 빌어서 살인을 하는 기분이었다. 그리고 자신의 손에 적들이 죽어가는 것이 어쩐지 실감이 나지 않았었다.

그런데 천신록의 절학으로 적들을 죽이니까 살인의 느낌이 조금쯤은 느껴졌다.

그러다가 낙성북두검법을 비롯한 낙성검가의 수법으로 적들을 주살하니까 두 손에 살인 느낌이 생생하게 전해졌다.

그러다가 마침내 그는 무창성 시절에 주로 사용했던 북두뇌격이라는 권각술을 전개하자 여태껏 한 번도 느껴보지 못했던 절정의 쾌감을 맛보게 되었다.

천신기혼을 사용할 때의 살인이 마치 오 장 길이의 긴 막대기로 적의 머리를 때려서 죽이는 느낌이었다면, 천신록의 절학을 사용해서 살인을 할 때는 삼 장 길이 막대기로 느껴지는 감촉이었다.

그런데 낙성검가의 무공을 사용하자 일 장 길이 막대기로 때리는 느낌이었고, 무창성 시절의 무공, 아니, 삼류잡공을 전개하니까 맨손으로 적들을 때려잡는 느낌이었다.

결국 그는 살인의 쾌감이라는 것은 저급한 방법일수록 느낌이 고조된다는 사실을 깨달았다.

말하자면, 모든 일을 말로만 시키는 높은 자리의 인물들 삶이라는 것은 따분하지만, 반대로 모든 일을 온몸으로 부딪치면서 살아가는 밑바닥 인생들의 삶은 박진감 그 자체인 것과 다르지 않다는 것이다.

쐐애액! 투아악! 슈슈우욱!

기개세의 몸에서는 온갖 무공들이 와르르 쏟아져 나갔다.

천신기혼을 사용할 때에는 나지 않았던 별별 음향들이 허공에 진동했다.

오른손의 절대신검에서는 낙성북두검법이 번쩍번쩍 광채를 뿜어내며 전개되었다.

그리고 왼손과 두 다리는 제각기 따로 움직이면서 북두뇌격을 전개했다.

현재 기개세는 무한겁 이백여 명의 포위망 속에 갇혀 있는 상태다.

하지만 그는 조금도 위축되지 않았고, 또한 염려하지 않았다.

무한겁들은 겹겹이 포위지세를 구축한 상태에서 열 명 혹은 이십 명씩 일렬로 합공의 배열을 이루어 무시무시한 검강을 지상과 허공 이십방에서 무시무시하게 뿜어내고 있었다.

그런데도 기개세는 추호도 흔들리지 않았다. 원래 그가 가장 경계했던 것이 바로 신삼별조의 이런 식의 합공이었다.

그런데도 그는 무려 이십 방에서 소나기처럼 쏟아지는 합공을 눈곱만큼도 개의치 않고 포위망 속에서 좌충우돌하면서 자신이 알고 있는 모든 무공들을 쏟아내고 있었다.

그가 천신기혼만이 아닌 여러 가지 무공들을 마구잡이로 전개하게 된 데에는 또 하나의 이유가 있었다.

최고 속도로 쏘아가면서 천신기혼을 어지럽게 발출하며 적들을 마구 죽이다 보니까 어느 순간 그는 포위망 안에 갇혀 버리고 말았다.

포위망은 눈 깜짝할 사이에 세 겹, 다섯 겹이 돼버렸고, 무한겁들은 예의 그들이 자랑하는 일렬종대의 합공을 전개하기 시작했다.

지름 십여 장의 포위망 속에 갇혀 버린 기개세는 처음에 천신기혼을 발출하면서 여러 방법으로 탈출을 시도했었지만 여의치 않았다.

분통이 터진 그는 천신록의 절학을 사용하기 시작했고, 그러자 뜻하지 않게도 포위망이 흔들리기 시작했다.

뭔가 알 듯 말 듯한 기분이 된 그는 내친김에 낙성검가의 무공을 사용했다.

그랬더니 포위망이 여지없이 깨져 버렸다. 그것은 추호도 예상하지 못했던 일이다.

그래서 무창성 금비라 시절의 얼토당토않은 무공을 사용했더니 무한겁들의 무적의 합공이 모래로 쌓은 탑처럼 힘없이 무너져 버린 것이다.

물론 기개세는 천신기혼을 바탕으로 무공을 전개했다.

그로 인해서 그는 커다란 사실 하나를 깨달았다. 세상 모든 일에는 상극(相剋)이라는 것이 반드시 존재한다는 것이다.

절정고수 수준인 무한겁들의 합공에는 하잘것없는 잡공이 상극이었다.

절정을 깨는 것은 절정이 아니라 하급이다. 그 말은 곧 완벽을 깨는 것이 불완전이라는 사실이었다.

부악! 카칵! 촤아악!

기개세와 무한겁들이 펼치는 초식에서는 여러 가지 소리가 뒤섞여서 터져 나왔다.

합공이 먹히지 않게 되자 무한겁들은 크게 흔들렸다. 결국 그들은 일렬종대의 대열이 흐트러지면서 마구잡이 난투극의 상황이 돼버렸다.

기개세는 구태여 적의 급소만을 노리려고 애쓰지 않았다. 적의 몸뚱이라고 여겨지면 어디든 상관하지 않고 닥치는 대로 공격을 퍼부었다.

싸움의 목적은 적을 무력하게 만드는 것이다. 그러려면 반드시 급소를 찌르거나 벨 필요는 없다. 정확성을 기하는 것은 그만큼 힘든 일이다.

사람이란 몸뚱이 어딘가를 제대로 적중당하거나 잃게 되면 무력해지게 마련이다.

그것이면 됐다. 반드시 죽여야 할 필요는 없는 것이다. 때로는 팔다리를 자르고 폐인을 만드는 것이 죽이는 것보다 더 적에게 치명적일 때가 있는 것이다.

현재 기개세는 북상하는 것을 멈춘 상태다. 제자리에서 이리 부딪치고 저리 돌진하면서 닥치는 대로 무한겁들을 주살하고 있다.

지금 그는 어느 정도 이성을 잃고 있었다. 그의 머릿속은 무한겁을 죽여야 한다는 생각으로 가득 차 있다.

사람이란 무슨 흥미로운 일에 집착을 하면 정신적인 공황 상태가 되는데, 지금 그가 바로 그런 상태였다.

지금 그의 목적은 쌍봉선으로 가는 것도, 아미를 구하러 가는 것도 아닌 무한겁들을 깡그리 몰살하는 것이었다.

"흐으… 이놈들, 물러서지 말고 덤벼라. 모조리 죽여주마."

광기로 번들거리는 두 눈과 약간 벌어진 입술 사이로 새어 나오는 이죽거림이 그 증거다.

그는 천검신문의 태문주이기도 하지만, 그 이전에 이십일 세의 펄펄 끓는 열혈 피를 지닌 청년이기도 하다.

그는 등과 어깨에 가벼운 상처를 입었으나 눈곱만큼도 신경 쓰지 않고 무한겁들을 죽이는 일에만 전력했다.

사삭!

낙성검가의 사신검법으로 무한겁 두 명의 목을 일검에 자르고 나서 그는 잔인한 미소를 지었다.

"후후후… 서두르지 마라, 이놈들아. 차근차근 다 죽여줄 테니까 말이다."

방금 목이 잘린 두 명의 무한겁 목에서 뿜어진 핏물이 그의 몸으로 쏟아져서 흠뻑 뒤집어썼다.

그는 호신막을 사용하지 않고 있다. 번거롭기 때문이다. 그 덕분에 죽이거나 상처를 입은 무한겁들이 쏟아낸 피를 고스란히 뒤집어써서 온몸이 혈인으로 변한 상태다.

촤악!

"흐악!"

절대신검이 막 옆에서 쇄도하는 또 한 명의 무한겁 정수리를 세로로 쪼갰다.

턱까지 세로로 잘라진 무한겁은 점점 벌어지는 두 눈을 두리번거리면서 비틀거렸다.

퍽!

기개세는 그자의 옆구리를 냅다 걷어차서 바로 옆에서 공격하고 있는 무한겁과 호되게 부딪치게 하는 것과 동시에 절대신검으로 다른 놈의 가슴을 가로로 가르고 있었다.

합공의 소용돌이

'으후후후… 정말 가슴이 후련하구나. 적을 죽이는 것이 이처럼 통쾌한 줄은 미처 몰랐었다.'

그는 흰 이를 드러내면서 잔인한 미소를 흘리며 거침없이 무한겁들을 베고 또 베었다.

지금까지 그가 죽인 무한겁은 대략 이백여 명에 달했다.

반경 이 장 정도의 좁은 공간 내에서만 움직이면서 기초적인 무공을 전개하고 있기 때문에 천신기혼도 거의 소모되지 않았다.

이대로라면 몇 날 며칠이고 지치지 않고 싸울 수 있었다. 무한겁이 만 명이라고 해도 모조리 죽일 수 있을 듯했다.

구우우…….

그런데 바로 그때 오른쪽에서 이상한 음향이 들렸다. 싸움이 시작된 이후 한 번도 듣지 못했던 소리다.

순간 그는 이상한 기운이 오른쪽에서 쇄도하고 있는 것을 감지했다.

단지 소리만 듣고서도 가공한 위력이 실려 있다는 것을 직감할 수 있을 정도다.

상황이 심상치 않음을 느낀 그는 즉시 천신기혼을 끌어올리면서 재빨리 오른쪽으로 돌아섰다.

사사사…….

그 순간 오른쪽에 있던 무한겁들이 갑자기 좌우로 일사불

란하게 갈라졌다. 마치 누군가를 위해 길을 터주는 듯한 행동이다.

"……!"

그리고 그들이 비켜난 공간에서 무엇인가를 발견한 기개세는 흠칫 놀랐다.

고오오—!

하나의 핏빛 소용돌이가 무서운 속도로 그를 향해서 쏘아오고 있었다.

그는 일찍이 그런 광경을 한 번도 본 적이 없었다. 그러므로 그것이 무엇인지 순간적으로 판단이 서지 않았다.

그러나 그것이 자신을 향해 쇄도하고 있는 공격인 것만은 분명했다.

굉렬한 소용돌이는 사람 몸통 정도의 굵기이며 기개세에게 쏘아오면서 아름드리나무 몇 그루를 지푸라기처럼 날려보내고 있었다.

그의 눈동자가 재빨리 소용돌이의 좌우를 훑었다. 그리고 그는 발견했다.

사십여 명의 무한겁들이 소용돌이의 좌우에 길게 늘어서 있으며, 그들이 소용돌이를 향해서 한 손을 뻗어 장력을 발출하고 있다는 사실을.

그들은 일렬종대로 서지도 않았고, 어떤 형태로 질서있게

서 있지도 않았다.

그저 무질서하게 여기저기 흩어져 있었는데, 단지 하나의 공통점은 소용돌이의 좌우에 있다는 사실이었다.

그들 사십여 명이 기개세를 향해 비스듬히 서서 한복판으로 장력을 발출하여 한데 모은 것이 바로 소용돌이다.

기개세는 오른쪽에서 불길한 음향이 들리는 순간에 이미 천신기혼을 끌어올린 상태였으므로 지체없이 소용돌이를 향해 쌍장을 뻗었다.

피하지 못했으니 맞받아 쳐야만 한다. 선 채로 고스란히 소용돌이를 맞을 수는 없는 일이었다.

다음 순간 천신기혼과 소용돌이가 거세게 격돌했다.

꽈웅―!

"흐윽……."

기개세는 커다란 철퇴를 가슴에 호되게 얻어맞은 듯하고, 두 팔이 떨어져 나가는 듯한 충격을 받으며 쏜살같이 뒤로 튕겨져 날아갔다.

우지끈! 퍼퍼퍽!

그는 몇 그루 나무를 부러뜨리고 나서 낙엽 더미에 떨어진 후에도 칠팔 장이나 밀려가서야 겨우 멈추었다.

기다렸다는 듯 정신이 아득하고 온몸이 조각조각 부서질 듯한 고통이 엄습해 왔다.

"으으……."

자신이 이 정도로 통렬하게 당했다는 사실이 쉽사리 믿어지지 않았다.

살인의 쾌감에 너무 심취한 탓에 무한겁별이 무서운 존재라는 사실을 잠시 잊고 있었던 것이 실수였다.

기개세에게 아무리 마구잡이로 당한다고 해도 그들은 신삼별조 최강인 무한겁별인 것이다.

"우라질……."

울컥울컥 핏덩이가 쏟아져 나오는 입에서 짓이기는 듯한 중얼거림이 흘러나왔다.

무한겁 사십여 명의 공력이 한데 모아진 소용돌이를 정면으로 맞받아 쳤으니 아무리 기개세라고 해도 즉사하지 않은 것이 천만다행이었다.

슈아악! 쐐애액!

그때 기다리고 있었다는 듯 근처의 무한겁들이 쓰러져 있는 기개세를 향해 일제히 공격을 퍼부었다.

무한겁을 이백여 명이나 죽인 기개세가 처음으로 낭패한 꼴을 당했으니 이런 절호의 기회를 그냥 흘려보낼 무한겁들이 아니다.

흠칫 놀란 기개세는 엎어져 있는 자세에서 수직으로 이 장 가량 붕 떠올랐다.

파파파팍!

다음 순간 그가 쓰러져 있던 곳에 무한겁들의 공격이 어지럽게 작렬하며 땅이 움푹 파지고 낙엽이 마구 흩날렸다. 그대로 있었으면 만신창이가 됐을 것이다.

허공으로 떠오른 기개세는 천신기혼이 일시적으로 흩어졌다는 사실을 깨달았다.

당장 운용할 수 있는 것은 칠 할 정도였다. 나머지 삼 할은 약간의 시간이 흘러야 충당될 것이다.

또한 내상을 입었다. 중한 상태는 아니지만, 그렇다고 가벼운 것도 아니다.

무한겁들은 기개세를 한시도 가만 놔두지 않았다. 그가 어떤 상황이든 쉴 새 없이 공격을 퍼부었다.

허공에 떠 있는 그를 향해 지상에서 다섯 명이, 그리고 허공에서 여섯 명이 덮쳐 오며 맹렬한 공격을 퍼부었다.

기개세는 허공중에서 재빨리 한 바퀴 빙글 회전하면서 절대신검을 그어댔다.

절대신검에서 뿜어진 천신기혼이 지상과 허공의 무한겁들을 향해 여러 갈래로 나뉘어서 쏘아갔다.

퍼퍼퍼퍽!

그러나 적중된 자는 다섯뿐, 나머지 여섯 명의 공격이 이미 코앞까지 쇄도하고 있었다.

그러나 기개세가 재차 천신기혼을 발출하기에는 늦었다. 또한 피할 수도 없는 상황이다.

다섯 자루 기형검이 한 치의 오차도 없이 그의 다섯 군데 급소로 파고들었다.

순간 무엇인가 번쩍 그의 뇌리를 스치는 것이 있었다.

스파앗!

찰나 그의 몸에서 번쩍! 하고 다섯 줄기 빛살이 뿜어졌다.

퍼퍼퍽!

다섯 줄기 빛살은 지척까지 쇄도한 다섯 무한겁의 미간을 정확하게 관통했다.

미간이 관통당한 다섯 무한겁은 믿을 수 없다는 표정을 지으면서 동시에 확 뒤로 튕겨져 날아갔다.

그들은 기개세가 더 이상 피하거나 반격하지 못할 것이라고 확신했었는데 그것이 깨진 것이다.

하지만 기개세도 무사하지는 못했다. 그들 중에 두 명의 기형검이 각기 그의 목을 찌르고 또 왼쪽 가슴 심장 부위를 베었다.

그렇지만 상처는 깊지 않았다. 목에는 핏줄을 피해서 삼 푼 깊이의 상처가, 그리고 심장 부위에도 한 치의 깊이 반 뼘 길이로 베어진 상태다.

만약 그의 반격이 찰나만 늦었더라도 목이 뚫리고 심장이 갈라졌을 것이다.
 '이것은… 의기어신(意氣馭神)인가.'
 방금 전 급박한 상황에서 그의 몸에서 뿜어진 다섯 줄기 천신기혼을 말하는 것이다.
 그것은 그가 천문으로 가기 전에 이루었던 경지다. 의지로써 기를 일으키고, 정신으로써 사물을 조종한다는 무공, 아니, 무학 최고의 경지가 바로 의기어신이다.
 말하자면 그가 눈으로 보거나 귀로 듣거나 감각으로 느끼는 적에 대해서 의지로써 공격을 가하는 초상승절학이다.
 천신으로 가기 전에는 의기어신을 뒷받침할 만한 공력이 충분하지 않았었다.
 하지만 지금은 천신의 능력인 천신기혼이 있으니 얼마든지 의기어신을 전개할 수가 있다.
 다만 그것을 전개하면 천신기혼이 얼마나 허비되는가 하는 것이 문제로 남아 있었다.
 그는 지상으로 내려서면서 재빨리 현재 천신기혼 수준을 가늠해 보았다.
 확인 결과 의기어신을 전개하기 직전과 비교해서 천신기혼이 별 차이가 없었다.
 다행한 일이다. 하지만 의기어신을 여러 차례 전개하면 어떻게 될는지 아직 모른다.

그러나 무한겁들의 공격이 끊이지 않고 계속되고 있으므로 오래 생각하고 있을 틈이 없었다.

기개세는 의기어신이라는 새로운 무기를 계속 시험해 보기로 했다.

천신기혼을 그다지 낭비하지 않는다면 의기어신은 지금 상황에 딱 맞는 수법이다.

무한겁별은 사십여 명이 합공으로 만들어낸 소용돌이로 기개세를 어느 정도 궁지로 몰아넣었다고 판단한 듯했다. 그래서 여태까지보다 더욱 거센 공격을 퍼부어왔다.

第百十九章

무한겁별주

대사부

여전히 온몸을 피로 뒤집어쓴 모습을 하고 있는 아미는 황하 강둑을 달려가는 도중에 상처를 지혈만 시켰다. 시간이 지나면 치료는 스스로 될 것이다.

다만 지금은 천신기혼을 회복하는 것이 급선무다. 쌍봉선이 신삼별조의 공격을 받고 있다면 아미의 도움이 절실하기 때문이다.

그러나 한편으로 그녀는 지금쯤이면 기개세가 쌍봉선에 있을 것이라고 짐작한다. 그가 태기산맥 산중에서 무한겁별과 고군분투하고 있으리라고는 상상도 하지 못했다.

현재 그녀는 황일교 포구에서 황하 하류로 사십여 리가량 내려왔는데도 쌍봉선의 모습은 보이지 않았다.

이곳의 황하 강폭은 무려 삼백여 장 이상으로 넓어졌다. 또한 강가는 들쭉날쭉하고 습지와 갈대, 여러 개의 지류들이 흘러들고 있어서 복잡하기 이를 데 없다.

그녀는 천신목이를 전개하면서 달리는 데에도 좀처럼 쌍봉선을 찾을 수가 없었다.

그래서 결국 비상의 수법을 사용하기로 했다. 쌍봉선에 있는 불사조 상비를 부르는 것이다.

비이잇—! 비리릿! 비잇빗!

그녀는 달리면서 입술을 오므리고 상비의 울음소리를 냈다. 그녀와 기개세는 상비와 의사소통이 가능하다. 지금 그녀가 하고 있는 것은, 무림으로 치면 천리전음(千里傳音) 같은 수법이었다.

상비가 어느 곳에 있든지 이 소리를 들으면 즉시 화답을 할 것이다.

그녀는 열 호흡 간격으로 같은 소리를 냈다. 그 소리는 늦은 오후의 하늘로 멀리 퍼져 나갔다.

비리리릿… 비비빗… 빗빗…….

아미가 소리를 발출한 지 일식경쯤 지났을 때 하류 쪽에서 상비의 울음소리가 들려왔다.

그 울음소리에는 한 가지 뜻이 담겨 있었다.
쌍봉선이 공격을 당하고 있다는 것이다.

*   *   *

무한겁 사오십 명이 펼치는 합공, 즉 소용돌이는 워낙 빨라서 기개세로서도 피하는 것이 거의 불가능했다.
그것은 마치 무한겁 한 명이 공격하는 빠르기에 사오십 명의 빠르기를 더한 것 같았다.
소용돌이를 알아차리는 유일한 방법은 그것이 발출되기 직전에 내는 특유의 음향이다.
기개세가 무한겁에게 포위되어 치열하게 싸우고 있으면 어디선가 느닷없이 그 음향이 들려온다.
그러면 포위한 무한겁들이 양쪽으로 갈라지는 순간 소용돌이가 가공한 기세로 쇄도한다.
현재 기개세는 삼백여 명의 무한겁을 죽였다. 소용돌이만 아니면 무한겁들을 얼마든지 상대할 수 있는 상황이다.
지금까지 기개세는 다섯 차례의 소용돌이를 상대했다. 두 차례는 가까스로 피했지만, 세 차례는 천신기혼을 일으켜서 반격할 수밖에 없었다.
그로 인해 손해를 보는 것은 순전히 기개세 쪽이었다. 소용돌이를 한차례 반격할 때마다 천신기혼을 과다하게 사용한 탓에 기력이 쑥쑥 빠져나가는 것이 느껴졌다.

또한 한차례 격돌할 때마다 내상을 입은 것이 축적이 되어 심각한 상태를 초래했다.

만약 앞으로 두세 번 더 소용돌이와 정면충돌하게 되면 장기가 터지고 내장이 도막 나는 엄중한 내상을 입게 될지도 모른다.

다섯 번째 소용돌이와 충돌한 후 기개세는 체내에 평소 천신기혼의 절반밖에 남지 않은 것을 깨달았다.

무슨 획기적인 수단을 내지 않는다면 그는 조만간 큰 낭패를 당하게 될 것이 분명하다.

다섯 번째 소용돌이가 휘몰아친 후 일다경쯤의 시간이 흘렀다.

그는 언제 어디에서 소용돌이가 쇄도할지 몰라서 긴장한 채 정신을 바짝 차리고 있는 중이었다.

그러면서 한편으로는 어떻게 소용돌이를 상대할지 방법을 모색하느라 머릿속이 복잡했다.

그 바람에 겹겹이 포위한 무한겁들이 소나기처럼 퍼붓는 공격마저도 제대로 반격하지 못한 채 열세에 처하는 신세가 되었다.

'의기어신을 소용돌이에……'

그는 아까부터 줄곧 의기어신으로 소용돌이를 상대하는 방법을 궁구하고 있었지만, 머리만 복잡할 뿐 도무지 좋은 방법이 생각나지 않았다.

구우…….

바로 그때 뒤쪽에서 예의 소용돌이 음향이 마치 지옥에서 흘러나오는 소리처럼 들려왔다.

기개세는 흠칫 놀랐다. 천검신문의 태문주인 그가 소용돌이 때문에 놀라고 있다.

무창성의 금비라였던 시절에도 놀라는 것 하고는 거리가 먼 그였다.

휙!

본능적으로 천신기혼을 끌어올리면서 재빨리 뒤를 향해 몸을 돌리는 순간 측면에서 번개같이 공격한 무한겁의 기형검이 그의 옆구리를 뜯어내듯이 베었다.

소용돌이 때문에 놀라는 바람에 무한겁의 공격에 소홀했다가 아픈 대가를 치른 것이다.

그러나 상처를 살펴볼 여유가 있을 리 없다. 지금 상황에서 소용돌이에 제대로 당하면 끝장이다. 그도 죽고, 중원천하도 죽는 것이다.

그 짧은 찰나지간에 별별 생각이 다 났다. 무창성의 일, 가족들, 사랑하는 여자들, 측근들, 어린 시절과 소년 시절의 수

많은 일들.

어떻게 그토록 짧은 순간에 그렇게도 많은 생각들이 실타래가 풀리듯이 차례대로 연결되어 한꺼번에 머릿속에 떠오르는 것인지 신기할 정도다.

그리고 그 수많은 생각 속에서 흐릿하게 빛나는 생각, 아니, 발상(發想) 하나가 있었다.

기개세는 엄청난 속도로 지나가는 무수한 추억의 편린들 속에 깃들어 있는 그 발상을 붙잡았다.

'이거다!'

그가 소용돌이를 향해 완전히 돌아섰을 때에는 소용돌이는 이미 일 장 반까지 쇄도하고 있는 중이었다. 음향이 들리자마자 몸을 돌렸는데도 소용돌이는 지독히 빨랐다.

돌아서면서 옆구리에 기형검을 베인 것과, 갑자기 한꺼번에 떠오른 수많은 생각들 때문에 지체된 탓도 있다.

지금 상태라면 천신기혼으로 반격을 할 틈도 없이 당하고 말 것이다.

그러나 기개세는 이미 방법을 생각해 냈다. 아니, 그가 생각한 것이 아니다.

머릿속에서 그냥 떠올라 주었다. 궁즉통(窮則通), 궁하면 통한다는 옛말이 헛말이 아니다.

하지만 그것은 순전히 그의 생각일 뿐이다. 이 방법이 과연 소용돌이에게 먹힐지는 잠시가 지나봐야 안다.

아니, 어쩌면 그는 결과를 알지 못할지도 모른다. 지금 그는 반격을 하려는 것이 아니므로 만약 이 방법이 실패하면 소용돌이에 정통으로 적중되어 즉사를 면하지 못할 것이다. 죽은 후에야 결과를 어떻게 알겠는가.

소용돌이가 일 장 앞까지 쇄도했을 때.

기개세의 왼손에서 번쩍! 하고 천신기혼 한줄기가 뿜어져 나갔다.

하지만 그 천신기혼은 소용돌이와 부딪치기에는 너무도 미약한 수준이다.

찰나 천신기혼이 소용돌이와 충돌하는 것 같더니 한순간 소용돌이의 앞부분을 휘감았다.

맹렬한 기세로 하강하는 폭포 줄기를 거미줄이 감은 것 같은 광경이다.

기개세는 자신을 향해 반 장 앞까지 무시무시하게 쇄도하고 있는 소용돌이를 눈을 딱 부릅뜨고 쏘아보았다.

방금 전에 머릿속에서 떠올랐던 그 방법은 사실 제정신을 갖고는 도저히 사용할 수 없는 것이다.

절박한 순간에 떠오른 생각이 꼭 맞는다는 법은 없다. 절박한 순간에도 오해와 착각은 떠오를 수 있는 것이다.

구오오오—!

소용돌이는 그대로 기개세의 가슴으로 부딪쳐 왔다. 거기에 적중되면 뼈조차 추릴 수 없을 터이다.

후오오—!

그의 몸이 산산조각 나기 직전, 소용돌이는 그의 가슴과 한 뼘 정도를 남겨둔 채 급격하게 방향을 틀었다.

콰콰콰콰!

소용돌이는 기개세 왼쪽으로 비스듬히 방향을 꺾더니 지켜보고 서 있던 무한겁들에게 돌진했다.

기개세조차도 잘 피하지 못하는 빠르기의 소용돌이를 무한겁들이 피할 수 있을 리가 없다. 더구나 반격을 하는 것은 상상도 못할 일이다.

콰자자자자!

소용돌이는 무한겁들 이십여 명을 휩쓸어 휴지처럼 조각조각 찢어발겼다.

그러나 거기에서 그치지 않았다. 소용돌이는 다시 방향을 틀어 다른 방향에 모여 있는 무한겁들을 향해 구불거리는 거대한 구렁이처럼 쏘아갔다.

소용돌이 앞부분에는 아직도 기개세가 발출한 가느다란 천신기혼이 휘감겨 있다.

바로 그 천신기혼이 소용돌이의 방향을 마음대로 바꾸고 있는 것이다.

"크핫핫! 이놈들아! 맛 좀 봐라!"

기개세는 자신의 왼손에서 뿜어진 천신기혼을 붙잡은 채 소용돌이를 조종하면서 쩌렁쩌렁한 웃음을 터뜨렸다.

그가 사용한 방법은 물론 의기어신이다. 의지로써 천신기혼을 발출하여 소용돌이의 앞부분을 묶어서 방향을 전환시키는 것이다.

그 방법이 먹혔다. 이제 무한겁들은 더 이상 합공의 소용돌이로 기개세를 괴롭히지 못할 것이다.

파아아…….

소용돌이는 무한겁 사십여 명을 몰살시키고 아지랑이처럼 사라져 버렸다.

합공으로 소용돌이를 만들어낸 오십여 명의 무한겁들이 뒤늦게 놀라서 공력을 회수한 것이다.

그리고 그들은 소용돌이에 죽은 동료들을 보면서 일그러진 얼굴로 그 자리에 서 있었다.

기개세의 예기치 못한 반응에 충격을 받고 생각이 멈춰서 얼어붙어 버린 것이다.

반면에 기개세는 번쩍 정신을 차렸다.

'빨리 이곳을 벗어나야겠다.'

이곳에는 아직 천 명의 무한겁들이 다 모여들지 않은 상태다. 하지만 속속 모여들고 있는 중이다. 그들이 다 모이면 상황은 지금보다 훨씬 더 나빠질 것이다.

더구나 지옥잔별과 수라쾌별까지 가세하면 기개세는 꼼짝없이 이곳에 뼈를 묻어야만 할 상황에 처한다.

도망칠 수 있을 때 실행해야 한다. 사태가 악화되면 그러고 싶어도 할 수 없게 될 것이다.

지금은 소용돌이 때문에 무한겁들이 아주 잠깐 동안 혼란과 정체 속에 빠져 있다. 그러니 탈출하려면 바로 지금이 최적기인 것이다.

거기까지 생각한 기개세는 그 즉시 저돌적으로 북쪽을 향해 쏘아갔다.

충격에 사로잡혀 있던 무한겁들은 기개세가 움직이자 움찔하며 즉시 반응했다.

기개세는 반 시진 동안 이 장소에서 머물면서 싸웠고, 그러는 사이에 근처에 있던 무한겁들이 속속 모여들어 포위망을 구축했었다.

그로 인해서 북쪽에 포진해 있던 무한겁들의 층이 많이 얇아진 상태다.

기개세를 포위해서 한자리에 묶어놓았다는 사실 때문에 무한겁들이 대거 몰려들었기 때문이다.

기개세가 맹렬하게 북쪽으로 짓쳐 가자 무한겁들은 자신들이 방심하고 있는 사이에 그가 느닷없이 급습을 가하는 것이라고만 생각했다.

　그래서 그가 공격해 가는 방향이 북쪽이라는 사실을 아무도 인지하지 못했다.

　아니, 인지했더라도 이미 때는 늦었다. 그는 북쪽에 세 겹을 이루고 있는 삼십여 명의 무한겁들을 향해 무서운 속도로 쏘아가다가 그들 이 장 전면에서 갑자기 허공으로 솟구쳐 올라 그들의 머리 위를 단숨에 날아서 넘었다.

　슈우—

　무한겁들은 움찔 놀라서 뒤늦게 정신을 차리고 분분히 허공으로 치솟아 그를 추격했다.

　기개세는 허공 삼십여 장까지 비스듬히 솟구쳐서 계속 북쪽으로 쏘아갔다.

　그러나 무한겁들은 십여 장 뒤에서 이제 십여 장쯤 솟구치고 있는 중이었다.

　그러더니 서너 호흡 사이에 기개세의 모습은 그들의 시야에서 사라져 버렸다.

　아직 지상에 남아 있는 무한겁 중에서 한 명이 재빨리 서찰을 써서 전서구를 날렸다.

　하늘로 힘차게 날아오른 전서구는 전속력으로 북쪽을 향해 날아갔다.

           *   *   *

"아직 연락이 없느냐?"

내뱉는 이반의 목소리에 짜증이 진득하게 배어 있다.

"무한겁별이 태문주를 포위하여 맹공격을 가하고 있으며 우세한 상황이라는 전서구가 마지막이었습니다."

옆에 서 있는 잠룡신장이 공손하게 이반의 기억을 상기시켜 주었다.

"무한겁별에게 포위되었으면 빠져나가지 못할 것입니다. 더구나 곧 지옥잔별과 수라쾌별까지 가세할 테니, 태문주는 살아서 나오기 힘들 것입니다."

잠룡신장은 자신의 확신을 조금 완화해서 말했다. 그는 태문주가 무한겁별에게 포위당했으니 백이면 백, 죽을 것이라고 확신하고 있지만 단정적으로 말하지는 않았다.

언제나 그렇듯이, 책사의 언변이라는 것은 마지막 상황에 일이 잘못되었을 때 자신이 빠져나갈 구멍은 만들어두는 습관이 있기 때문이다.

"음!"

그런데도 이반은 눈살을 찌푸리며 침음을 흘렸다. 태문주를 반드시 자신의 손으로 죽이고 싶었기 때문이다.

"태문주의 목숨은 붙여서 끌고 오라 전해라."

그 역시도 무한겁별에 포위된 기개세가 살아 나가기는 어려울 것이라고 생각하는 것이 분명했다.

"존명!"

잠룡신장은 즉시 이반의 말을 서찰로 적어 전서구에 날려 보냈다.

"저기……."

그때 오룡신장이 무심코 산 쪽을 보다가 뭔가를 발견하고 손으로 가리키며 입을 뗐다.

그는 그것이 무엇인지 확신하지 못해서 다음 말을 잇지 못한 것이다.

이반을 비롯하여 육룡신장은 이끌리듯 즉시 산 쪽을 쳐다보았다.

그 순간 모두의 눈에 뭔가 사람의 형체를 한 흐릿한 물체가 산 쪽에서 쏜살같이 날아오고 있는 것이 보였다.

아니, 그들이 발견하자마자 그 물체는 순식간에 차일 위를 스쳐 지나가 버렸다.

"태문주다!"

순간 이반이 외치며 태사의에서 벌떡 일어나 차일 뒤쪽으로 구르듯이 달려갔다.

이반과 육룡신장이 지켜보는 가운데 흐릿한 인영은 아스라이 멀어져 갔다.

"으으… 이런 멍청한 것들……!"

주먹을 움켜쥐고 부들부들 떨고 있는 이반이 말을 하지 않더라도, 육룡신장은 멀어지고 있는 흐릿한 인영이 태문주라는 사실을 잘 알 수 있었다.

이반은 태문주를 추격하라는 말조차 하지 못했다. 태문주가 너무 빨리 사라지고 있어서 이제 추격해 봤자 소용이 없기 때문이다.

그들이 지켜보고 있는 사이에 기개세의 모습이 시야에서 완전히 사라졌다.

잠룡신장은 착잡한 표정으로 감히 입을 열지 못했다. 태문주가 무한겁들에게 죽임을 당할 것이라고 장담하듯이 말했던 그의 말이 아직도 귓가에 여운으로 남아 있는데, 태문주가 보란 듯이 눈앞에서 순식간에 사라져 버린 것이다.

잠룡신장은 이반이 무엇인가를 명령하기를 기대하며 그를 쳐다보았다. 하지만 그는 곧 당황한 얼굴로 외면했다.

그렇지 않아도 추악하게 일그러진 이반의 얼굴이 더 형편없이 일그러진 상태에서 뺨이 파르르 떨리는 것을 목격했기 때문이다.

그때 숲에서 날아온 전서구 한 마리가 잠룡신장의 어깨에 날아 내렸다.

서찰을 꺼내서 읽은 잠룡신장은 내용을 구태여 이반에게

보고하지 않았다.

서찰에는 태문주가 포위망을 뚫고 북쪽으로 향하고 있다는 내용이 적혀 있었다.

결국 태문주는 전서구보다 훨씬 빠른 속도로 쏘아가며 모두를 농락했다.

원래 이반은 태문주가 산에서 튀어나오면 그를 궁지에 몰아넣으려고 만반의 준비를 갖추고 있었다.

우선 차일을 중심으로 도열해 있는 울고수들이 기개세를 향해서 일제히 강궁(强弓)과 궁거(弓車:활차)를 발사한다.

수만 발의 화살 때문에 태문주가 주춤하는 사이에 이반과 육룡신장이 합공을 하여 일격에 그를 제압하는 것이다.

이반과 육룡신장이 공력을 하나로 모아서 발출하면 가공한 위력을 발휘한다.

그 정도면 태문주를 충분히 제압할 수 있을 것이라고 판단했던 이반이다.

그러나 계획이 아무리 좋고 또 만반의 준비를 해두면 무엇하겠는가.

산에서 나온 태문주에게 화살 한 발도 쏘지 못했거늘.

휘익!

순간 이반은 기개세가 쏘아간 방향으로 신형을 날렸다.

육룡신장이 쳐다보고 있는 동안 이반의 모습이 시야에서

사라졌다.

그들은 아무도 이반을 부르지 않았다. 그가 어딜 갔는지 짐작하기 때문이다.

필경 그는 쌍봉선을 찾으러 갔을 것이다. 남아 있는 육룡신장이 할 일은, 신삼별조와 울고수들을 이끌고 그를 뒤따라가는 것뿐이었다.

    *   *   *

쩌우…….

엎드린 자세로 허공을 빛처럼 쏘아가던 기개세는 느닷없이 등 한복판에 거센 충격을 받았다.

쿠아앗!

얼마나 강한 충격인지 그는 몸이 위쪽으로 반이 꺾인 채 그대로 아래를 향해 내리꽂혔다.

퍼억!

또한 배 부위로 땅에 심하게 부딪쳤다가 허공으로 일 장이나 솟구쳤다.

'으으… 이것은 도대체…….'

방금의 일격으로 그는 등뼈가 다 부러진 듯한 극심한 고통을 느꼈다. 뿐만 아니라 기혈이 들끓었고 장기와 내장이 크게 뒤틀렸다.

 그러나 그것보다는 무엇이 자신에게 일격을 가했는지, 그리고 그것을 전혀 감지하지 못했다는 사실 때문에 더 큰 충격에 휩싸였다.

 그는 아직 충격이 가시지 않아서 머리가 맑지 못한 상태에서 본능적으로 천신기혼을 끌어올리며 재빨리 위를 쳐다보면서 몸을 뒤집었다.

 방금 전 일격이 그의 등에 적중되었기 때문에 급습자가 위에 있을 것이라고 판단했다.

 "……!"

 순간 그의 눈이 커졌다. 그가 몸을 뒤집어서 위를 쳐다보는 것과 동시에 하나의 눈부시게 흰 백광(白光) 덩어리가 일 장까지 쇄도하고 있는 것을 발견했기 때문이다.

 피하기에는 너무 늦었다. 그리고 땅에서 튕겨 오른 상태라서 자세도 뒤틀려 있었다.

 그는 서둘러서 끌어올린 천신기혼을 의기어신으로 전력을 다해 뿜어냈다.

 쩌릉!

 "크으……."

 두 개의 기운이 정통으로 부딪치자 마치 온몸이 박살 나는 듯한 극심한 고통을 느끼면서 그는 쏜살같이 다시 아래를 향해 내리꽂혔다.

그래도 처음보다는 충격이 덜했다. 처음에는 아무것도 모르고 있다가 일격을 당한 것이고, 이번에는 급한 대로 반격을 했기 때문이다.

또한 아래로 쏘아 내리는 속도도 처음보다 느렸다. 그래서 그는 그 와중에 재빨리 염두를 굴렸다.

그가 땅에 부딪치는 순간이나 튕겨져 오르는 순간에 급습자가 재차 공격할 것이라는 생각이 들었다.

또한 급습자가 누군지는 모르지만, 기개세가 무공을 배운 이후 싸운 적들 중에서 가장 고강한 자가 분명했다.

생각이 거기에 미친 그는 별안간 옆으로 방향을 확 꺾어서 비스듬히 위로 솟구쳤다.

다음 순간 그는 머리를 아래로 한 자세로 무서운 속도로 쏘아 내리고 있는 괴인물을 발견했다.

기개세가 방향을 바꾸지 않았다면 괴인물은 그의 머리 위 삼 장 높이에 떠 있는 위치가 돼 있을 것이었다.

과연 급습자가 머리 위에 있을 것이고, 재차 급습을 가할 것이라는 그의 예측이 맞았다.

괴인물은 오른손으로 어깨의 도파를 움켜잡고 있었는데, 기개세가 만약 방향을 꺾지 않고 하강했더라면 괴인물이 검으로 발출하는 공격에 속수무책으로 당하고 말았을 것이다.

새카만 흑포를 입은 괴인물은 커다란 체구에 긴 머리카락을 뒤에서 하나로 단정하게 질끈 묶었으며, 얼굴이 길쭉한 말상인데, 눈이 날카롭게 찢어지고 눈초리가 치켜 올라간 모습으로 사십대 후반의 나이다.

 또한 얼굴뿐만 아니라 두 팔과 다리가 매우 길고 굵었으며, 딱 벌어진 가슴과 어깨를 지녔다.

 후우웅!

 괴인물은 기개세 쪽으로 방향을 전환하는가 싶더니 어깨의 도를 뽑자마자 그대로 맹렬하게 그어왔다. 기가 막힌 방향 전환이고 빠르기다.

 약간 휘어진 시커먼 색의 흑도(黑刀)인데 보통 도보다 절반 정도 더 컸다.

 기개세의 정수리를 노리고 짓쳐 오는 흑도의 도첨에서 반 장 길이의 칙칙한 빛줄기가 뿜어져서 반월처럼 휘어진 상태로 그어왔다.

 기개세는 도첨에서 뿜어져 나온 흑빛의 반월형 빛이 도강(刀罡)이라는 것을 즉시 알아보았다.

 그것도 보통 도강이 아니라 강기 중에서도 최고로 위력적이라는 극도강(極刀罡)이다.

 극도강은 보통의 도강을 수수깡처럼 파괴해 버리는 위력을 지니고 있었다.

기개세는 천신기혼으로도, 이기어신으로도 저 극도강을 막아낼 자신이 생기지 않았다.

그렇다면 방법은 절대신검을 사용하는 것뿐이다. 그것도 절대신검에 남아 있는 천신기혼을 가득 주입해야 할 것이다.

촤앙!

그는 절대신검을 뽑는 것과 동시에 괴인물을 향해 비스듬히 상승하면서 힘차게 그었다.

우우우…….

그가 마지막 한 움큼의 천신기혼까지 모조리 절대신검에 주입했더니 검에서 용음이 흘러나왔다.

기개세는 괴인물이 필경 무한겁별주일 것이라고 짐작했다. 태자 이반을 제외하고는 그가 제일 고강할 것이라는 추론 때문이다.

아니, 어쩌면 무한겁별주가 이반보다도 더 강할 것 같다는 생각이 들었다.

현재 기개세에겐 평소의 절반밖에 안 되는 천신기혼이 남아 있는 상태다.

그것이 모조리 주입된 절대신검은 흐릿한 금광을 흩뿌리며 무한겁별주의 흑도를 마주쳐 나갔다.

상대가 만약 무한겁별주가 맞다면 절반뿐인 천신기혼으로는 이기지 못할 것이라고 기개세는 생각했다.

아니, 이기는 것은 고사하고 그의 공격을 막아내는 것조차 힘들 것이다.

지금 그가 믿는 것은 오직 하나, 절대신검이 흑도를 부숴버리는 것이다.

그리고 그가 알고 있는 한, 절대신검은 만병지왕(萬兵之王)이다. 기필코 흑도를 부숴줄 것이다.

그런데 느닷없이 변수가 생겼다. 기개세의 정수리를 쪼갤 듯이 맹렬하게 그어오던 흑도가 기이한 각도로 방향을 틀더니 찰나지간에 그의 목을 베어오는 것이 아닌가.

"......!"

절대신검과 흑도가 부딪칠 것이라고만 여겼던 기개세는 가슴이 철렁 내려앉았다.

무한겁별주가 흑도의 방향을 바꿀 줄은 예상하지 못했기에 기개세는 순간적으로 당황했다.

싸움에는 수많은 변수가 일어난다. 그런데 그는 무한겁별주가 어째서 흑도를 절대신검과 부딪칠 것이라고 당연하게 생각했는지 스스로 생각해도 어이가 없었다.

그러나 이미 화살은 시위를 떠났다. 지금 상황에서 흑도를 피하는 것은 불가능하다.

그렇다면 방법은 하나다. 동귀어진이다. 물론 기개세는 무한겁별주와 함께 죽을 생각은 추호도 없다.

단지 목숨이 경각에 처하게 되면 으레 돌발 행동을 하는 인간의 본성에 따라서 무한겁별주도 반응해 줄 것을 희망하고 있는 것이다.

후우우…….

기개세는 절대신검의 방향을 바꾸지 않고 곧장 무한겁별주의 얼굴을 잘라갔다.

네가 내 목을 자르면, 나는 네 얼굴을 통째로 잘라주겠다는 것이다.

냉정하게 생각하면, 무한겁별주의 목숨보다 천검신문 태문주의 목숨이 백 배, 천 배 더 값지다.

평소에 무한겁별주는 분명히 그렇게 생각했을 것이고, 만약 운이 좋아서 그런 기회가 생긴다면 자신의 목숨을 아낌없이 버리고 태문주와 함께 죽는 길을 선택하겠다고 각오했을 것이다.

하지만 그런 일이 예기치 않은 상황에 느닷없이 벌어지면 인간인 이상 당황할 수밖에 없고, 그래서 죽지 않으려고 본능적으로 반응을 하게 된다.

그런 점에서 무한겁별주도 예외는 아니다. 움찔 놀란 그는 공격을 멈추고 믿어지지 않을 정도로 빠르게 뒤로 스윽! 물러났다.

기개세의 절대신검은 허공을 갈랐다. 동귀어진은 이루어

지지 않았다.

하지만 그의 막무가내 공격이 먹혔다. 먹히지 않았으면 흑도에 목이 잘라졌을 것이다.

그는 어렵게 잡은 선기를 최대한 이용했다. 물러서는 무한겁별주를 그림자처럼 바짝 쫓으면서 절대신검을 떨치며 이번에는 심장을 찔러갔다.

후우우…….

기개세는 현재 상태로 무한겁별주와 정면대결을 하면 패하고 만다.

패하는 것은, 즉 죽는다는 뜻이다. 하지만 그에게는 절대신검이 있고, 의기어신과 몇 가지 특출한 수법이 있다. 더구나 선기를 잡은 상태다.

그러므로 무슨 수를 써서라도 이 싸움에서 이겨야 한다. 무한겁별주를 죽여야 한다는 것이다.

더구나 이곳에서 시간을 지체하다가는 이반과 무한겁별이 들이닥칠 것이다.

기개세는 무한겁별주와의 싸움에서 이기되 최대한 빠른 시간 안에 승부를 내야만 한다.

지금 무한겁별주는 왼쪽 측면에서 가슴을 찔러오는 절대신검을 피할 수 있는 자세가 아니다.

방금 전 얼굴을 잘라오는 절대신검을 피하느라 자세가 불안정해졌기 때문이다.

 도저히 피하지 못할 것 같은 그 상황에서, 그는 마치 강풍에 날리는 가랑잎처럼 갑자기 오른쪽으로 스으… 일 장이나 빠르게 이동하면서 절대신검을 피했다.

 그런 신법은 공간을 좁혀서 먼 거리를 순식간에 이동하는 축지성촌(縮地成寸)과 유사하다.

 또한 그것을 전개하려면 몸을 가랑잎처럼 가볍게 만들어야만 하는데, 그러기 위해서는 최소한 출신입화의 지경에 이르러야 한다.

 오른쪽으로 일 장쯤 이동했던 무한겁별주는 기개세에게 반격을 가해서 잃었던 선기를 되찾으려고 막 시도하려다가 움찔했다.

 어느새 기개세가 반 장 이내로 바짝 접근하면서 절대신검으로 이번에는 목을 베어오는 것이 아닌가.

 이동. 즉, 몸을 움직이는 것이라면 기개세를 능가할 자가 없다. 비록 천신기혼이 절반뿐이라고 해도 말이다.

 무림의 경공하고는 차원이 전혀 다른 그의 움직임을 무한겁별주가 어찌 떨치겠는가.

 무한겁별주로서는 이번에는 피하는 것이 녹록하지 않았다.

 그는 절대신검이 자신의 목 두 뼘 거리에 쇄도해 올 때 불쑥 왼손을 약간 내밀었다.

큐웅!

그랬을 뿐인데 그의 장심에서 눈부신 백광이 번쩍 폭발하듯이 뿜어졌다.

오른손의 흑도로는 반격할 자세가 나오지 않자 임기응변으로 왼손을 사용한 것이다.

그런데 그의 의도가 동귀어진이다. 조금 전에 기개세가 써먹은 방법을 이번에는 그가 사용하고 있다.

죽기 싫으면 절대신검을 거두라는 뜻이다. 이것으로 장군멍군이 됐다.

'이 자식! 예상했던 것보다 더 강한 놈이다!'

기개세는 절대신검을 거둘 수밖에 없게 되었다. 하지만 물러나면 선기를 뺏기게 될 것이 분명하다. 그렇게 되면 다시 궁지에 몰린다.

순간 그의 뇌리를 스치는 그 무엇이 있었다. 그에게는 팔다리 외에도 공격을 가할 수법이 무궁무진하다.

그는 절대신검을 거두면서 몸을 붕 상승시키며 백광을 피하는 것과 동시에 보일 듯 말 듯 입을 벙긋했다.

무한겁별주는 자신의 뜻대로 기개세가 백광을 피하자 벼락같이 흑도를 휘둘러 자신의 머리 위에 엎드린 자세로 떠 있는 기개세의 허리를 잘라갔다.

"……!"

그런데 그 순간 무한겁별주는 기개세가 자신을 쳐다보고 있으며 입을 약간 벌리고 있는 것을 발견하곤 흠칫했다. 그의 벌린 입은 무한겁별주를 향하고 있었다.

그는 기개세가 어떤 형태로든 공격을 하고 있는 것이라고 생각했다.

하지만 아무런 소리도 형체도 보이지 않아서 그것이 무엇인지 알 수가 없으니, 어떻게 피해야 하는지, 또한 반격을 해야 할지 방법이 전무하다.

그렇지만 공격을 하고 있는 것은 분명하다고 직감했다.

지금 기개세가 공격하고 있는 수법은 천신록상에 있는 천진음파 수법이며, 입으로 공력을 발출하는 무음기공(無音氣功)이었다.

그는 천문에 가기 전에 천진음파를 더 이상 오를 수 없는 경지까지 연마한 적이 있었다.

무한겁별주는 기개세가 이 상황에서 허세를 부린다고는 생각하지 않았다.

그래서 다급히 상체를 뒤로 활처럼 젖혔다. 기개세의 공격이 보이지는 않지만, 공격을 하면 상체를 노렸을 것이라 직감한 것이다.

그러면서도 그는 흑도로 기개세의 허리를 잘라가는 동작

을 멈추지 않는 용의주도함을 보였다. 피하면서 동시에 공격을 가하는 그런 자세가 어떻게 나올 수 있는 것인지 신기할 따름이었다.

문득 기개세의 입가에 흐릿한 미소가 설핏 떠올랐다.

'기다리고 있었다.'

후우…….

절대신검이 더 이상 빠를 수 없을 정도의 속도로 흑도를 마주쳐 나갔다.

천진음파를 피하고 막 상체를 올리고 있던 무한겁별주는 그것을 발견하고 안색이 급변했다.

천진음파에 적이 당황해서 절대신검의 존재를 망각하고 있었던 것이다.

그러나 흑도를 거둘 수도 없다. 거두면 절대신검이 무한겁별주의 하체를 자를 것이다.

결국 그는 최후의 방법을 선택했다. 흑도를 버리고 몸을 피하는 것이다.

쩌겅!

그가 흑도를 놓고 공간 이동을 하듯이 뒤로 일 장가량 물러났을 때, 절대신검이 흑도와 정면으로 부딪쳤다.

파아아—

그 순간 수백 조각으로 박살 난 흑도의 파편들이 모조리 무한겁별주를 향해 폭설이 날리듯이 쏘아왔다.

퍼퍽!

그러나 무한겁별주는 고슴도치가 되기 직전에 호신강기를 일으켜서 파편들을 모조리 튕겨냈다.

그러나 그게 다가 아니다. 기개세는 무한겁별주가 그럴 것이라고 이미 예상했다.

그래서 또 다른 공격을 준비했다. 그것은 그의 마지막 공격이기도 했다.

사실 그 공격은 절대신검과 흑도가 충돌하는 순간 발출한 것이다.

츠으읏!

순간 기개세의 온몸에서 섬광이 번쩍 일더니 그것이 한줄기로 모아져서 무한겁별주를 향해 쏘아갔다.

그는 현재 자신이 지니고 있는 천신기혼 전부를 이 공격에 쏟아부었다.

그러나 무한겁별주는 흑도의 파편을 호신강기가 튕겨냈듯이 이 공격 또한 막아낼 수 있을 것이라고 확신했다.

그래서 그는 그 직후에 전개할 공격을 준비했다. 자신의 온 공력을 쏟아부어 마지막 일격에 기개세를 작살낼 공격을 말이다. 공격은 호신강기를 거두는 것과 동시에 이루어질 것이다.

스퍼억!

둔탁한 음향이 터졌다. 무한겁별주는 그것이 호신강기가 기개세의 공격을 막아내는 소리라고 여겼다.

그런데 이상하게 가슴 부위가 서늘했다. 마치 가슴속으로 찬바람이 뚫고 지나가는 듯한 느낌이다.

게다가 그의 몸은 쏜살같이 어딘가로 날아가고 있었다. 그는 약간 멍한 눈으로 자신의 가슴을 내려다보았다.

그리고는 자신의 가슴 한복판에 어린아이의 주먹이 통째로 들어갈 만한 구멍이 커다랗게 뻥 뚫려 있는 것을 발견했다.

피가 콸콸 쏟아져 나왔다. 그는 자신의 호신강기가 깨졌다는 사실이 믿어지지 않았다.

'이 정도란 말인가… 태문주……'

그는 어디론가 한없이 멀리 날아가며 이빨이 시릴 정도로 중얼거렸다.

쿵!

무한겁별주가 아스라이 사라져 가는 것을 보면서 기개세는 묵직하게 두 발로 땅에 내려섰다.

'으으……'

신음이 새어 나오려는 것을 겨우 참았다. 천신기혼이 한 움큼도 남아 있지 않았다. 이런 경우는 한 번도 없었다.

그는 재빨리 주위를 두리번거리다가 즉시 북쪽으로 달리기 시작했다.
이곳에 있다가는 언제 이반과 무한겁별의 공격을 받게 될지 모른다.
지금 그가 달리는 속도는 무창성 시절의 금비라 정도의 수준이다.
주위는 온통 벌판이라서 몸을 숨길 만한 곳도 없다. 어쨌든 지금은 한시바삐 은신처를 찾아서 천신기혼이 회복될 때까지 기다려야만 한다.

第百二十章

생존자

대시부

반 시진이 지났으나 아직 천신기혼이 채 일 할도 회복되지 않았다.
 보통의 경우에는 적들과 싸우고 있을 때에도 허비했던 천신기혼이 자연적으로 회복되곤 했었다.
 그러나 지금은 금비라 시절의 능력밖에 없는 상태에서 죽을힘을 다해 달리고 있었기 때문이다.
 천신기혼은 편안한 상태에서 회복된다. 말하자면 적들과 싸울 때에는 편안하고, 지금은 극도로 힘겹다는 뜻이다.
 "헉헉헉……."

기개세는 반 시진이나 달려서야 드디어 벌판이 끝나는 지점에 이르렀다.

평소 같았으면 서너 호흡 만에 도달할 수 있는 거리라는 것을 감안했을 때 지금 그가 얼마나 힘든 상태인지 어렵지 않게 짐작할 수 있었다.

주르르······.

"우왓!"

벌판이 끝나고 강둑에 올라선 그는 제때 달리는 것을 멈추지 못하고 강 쪽의 가파른 경사를 빠르게 미끄러져 내리며 비명을 질렀다. 천검신문 태문주가 비명이라니, 개가 웃을 일이다.

와자자작! 퍽!

"윽!"

그는 마른 갈대숲을 뚫으면서 미끄러져 강가의 진흙 바닥에 얼굴을 처박고 말았다.

"푸우······."

그는 입에 들어간 진흙을 뱉어내면서 상체를 일으켰다. 얼굴은 온통 진흙 범벅이어서 꼴이 말이 아니다.

진흙 투성이 속에서 반짝이는 눈으로 주위를 두리번거리던 그는 한순간 뚝 동작을 멈추었다.

겨우 일 장쯤 떨어진 곳에 동그랗게 모여 앉아 있는 사람들이 놀란 표정으로 그를 빤히 쳐다보고 있지 않은가.

그들은 일가족인 듯했다. 둥그렇게 모여 앉아서 식사를 하다가 갑자기 굴러 떨어진 기개세를 보고 놀란 것이다.

식사라고 해봐야 그들이 들고 있는 것은 멀건 죽이 담긴 찌그러진 그릇뿐이다.

일가족이 있는 곳은 갈대가 무성하게 자란 한복판에 좁은 수로가 구불구불 길게 나 있는 안쪽에 갈대가 없는 아담한 공간이었다.

그들이 있는 곳 바로 옆에 한 척의 작은 배가 말뚝에 묶여 있는 것이 보였다.

배 위에는 작은 움막이 쳐져 있는데, 일가족은 그곳에서 생활을 하는 듯했다.

일가족은 식사를 하다 말고 돌이 된 듯 굳은 채 기개세를 쳐다보고 있는데 얼굴에는 두려움과 경계하는 표정이 역력했다.

기개세는 진흙탕에 엎어졌다가 상체를 일으킨 묘한 자세로 일가족을 쳐다보면서 멋쩍은 표정을 지었다. 하지만 진흙 투성이 얼굴이라 그의 표정은 드러나지 않았다.

그는 자신이 평범한 일가족의 평화로운 식사를 괴상한 모양새로 방해한 것이 조금 미안했다.

그런데 문득 기개세의 얼굴이 조금 밝아졌다. 일가족이 안

면이 있었기 때문이다.

예전 낙양대전 직후에 기개세는 아미와 함께 낙양성 내를 돌아보다가 어느 무너진 집에서 움막을 치려고 애를 쓰는 성민을 도와준 적이 있었다.

그때 그는 움막을 튼튼하게 쳐주었을 뿐만 아니라 그 집의 가장인 남편의 오랜 지병을 깨끗이 낫게 해주었었다.

지금 기개세를 처다보고 있는 일가족은 바로 그때의 일가족이었던 것이다.

하지만 그들은 기개세의 얼굴이 진흙 범벅이라서 미처 알아보지 못했다.

일가족은 잔뜩 겁을 먹고 또 경계하는 모습으로 기개세에게서 시선을 떼지 않았다.

그의 어깨에 메어져 있는 검이 그들을 두렵게 만들고 있는 것이다.

원래 무림인들은 백성들에게 해를 입히지 않지만, 백성들은 무림인을 보면 괜히 두려워서 경계를 한다. 양이 늑대를 두려워하는 것이나 다름이 없는 것이다.

기개세는 천천히 고개를 숙이고 강물에 얼굴을 씻어냈다.

이어서 몸을 일으켜 천천히 그들에게 걸어갔다.

그러자 일가족은 방금 전보다 더 겁먹은 표정으로 밥그릇을 내려놓고 잔뜩 몸을 웅크렸다. 또한 남편은 어린 남매를 품에 꼭 끌어안았다.

기개세는 그냥 가려다가 일가족과 이렇게 다시 만난 것도 인연이라 아는 체나 하려는 것이었다.

"아!"

그때 아버지 품에 안겨 있던 열 살 남짓한 계집아이가 기개세를 말끄러미 응시하다가 나직한 탄성을 터뜨렸다.

이어서 아버지의 품에서 벗어나 기개세를 향해 달려오며 반갑게 소리쳤다.

"태문주님!"

그 말에 일가족은 소스라치게 놀랐다. 그들은 기개세의 얼굴을 다시 자세히 쳐다보고는 그제야 그가 누군지 알아보고 크게 기쁜 표정을 지었다.

"하하! 잘 있었느냐?"

기개세는 계집아이를 번쩍 안아 얼굴 높이로 쳐들고는 환하게 웃었다.

기개세가 이들에게 움막을 쳐주고 가장의 병을 낫게 해준 당시에는 신분이 드러나지 않았었다.

하지만 일가족은 나중에서야 기개세가 천검신문의 태문주라는 사실을 알게 되어 혼비백산했었다. 그 태문주를 이런 곳에서 다시 만나게 된 것이다.

낡고 작은 배는 아까 식사를 하던 곳에서 십여 리 정도 하류를 느릿하게 흘러가고 있었다.
 일가족이 극구 기개세를 가지 못하게 붙잡기도 했지만, 기개세도 그들과 한동안 함께 지내고 싶었다.
 그들은 대명제국의 황제보다 더 존엄한 신분인 천검신문 태문주 기개세가 참담한 몰골로 나타났기 때문에, 그가 필경 어려운 처지일 것이라 여기고, 어떻게라도 도움을 주고 싶어서 못 가게 붙잡은 것이다.
 기개세는 누가 봐도 하층 평민의 것이 분명한 낡고 초라한 이 배에 타고 있으면 울제국의 의심을 받지 않고 한동안 휴식을 취할 수 있을 것이라 기대했다.
 과연 그가 기대했던 대로 한 시진여 동안 십여 리를 흘러오는 과정에 아무도 배를 세우지 않았다.
 황하 강상에는 이 배 말고도 수백 척의 크고 작은 배들이 떠서 고기잡이를 하거나 오가고 있었다.
 길이 열다섯 자에 폭이 여섯 자 남짓의 배의 움막 안은 겉보기와는 달리 매우 아늑했다.
 생활하는 데에 불편함이 없을 정도의 생활용품들이 곳곳에 가지런히 놓여 있었고, 한쪽에는 남루하지만 깨끗한 이불도 수북하게 쌓여 있었다.
 기개세가 움막 안에서 휴식을 취하고 있는 동안 일가족은 모두 움막 밖으로 피해주었다.

 기개세는 휴식을 취하는 내내 이들 일가족이 무엇 때문에 낙양성을 떠나 이 먼 곳까지 왔을까를 곰곰이 생각했지만 대답을 얻지 못했다.

 낙양성과 개봉성은 울제국 태자 이반의 보복으로 처절하게 멸망했다.

 천라대의 보고에 의하면 두 성은 개 한 마리 남김없이 모조리 도륙당했다고 했다. 그런데 이들 가족은 천행으로 살아남았다.

 기개세는 한 시진 정도 편안하게 휴식을 취한 덕분에 평소의 팔 할에 달하는 천신기혼을 회복할 수 있게 되었다. 그는 그쯤에서 휴식을 멈추었다.

 일가족을 너무 오랫동안 움막 밖으로 내쫓은 것이 미안했기 때문이다.

 "그렇구려."

 남편의 설명을 듣고 난 기개세는 그제야 모든 것을 이해하고 고개를 끄덕였다.

 기개세와 일가족은 움막 안에 모여 앉아서 차를 마시고 있는 중이었다.

 이 집 딸의 이름은 당화(唐花), 아들은 당옥(唐玉)이다.

당화 아버지는 자신들이 어떻게 해서 낙양성을 떠나게 되었는지를 차근차근 설명했다.

그의 말에 의하면, 당화 아버지가 병환으로 너무 오래 누워 있는 바람에 생활이 너무 팍팍해져서 어쩔 수 없이 낙양성을 떠났다는 것이다.

당화 엄마의 오빠가 산동성 동해안의 청도성(靑島城)에서 어물전을 하고 있는데, 그리로 가는 중이라고 한다.

친정 오빠도 궁핍하게 살고 있지만, 어떻게든 부대끼면서 함께 살아보자는 말에 용기를 얻었다고 한다.

잠시 침묵이 흘렀다.

울제국이 백성들을 괴롭히지는 않는다고 하지만, 대명제국 시절보다 두 배 이상이나 많은 과중한 세금 때문에 백성들은 입에 풀칠하는 것조차도 어려운 실정이었다.

굳이 설명하자면, 당화네 가족이 낙양성에서 죽으로 한 끼를 근근히 때웠었는데 청도성 친정 오빠네 집으로 가면 하루 한 끼 밥은 먹을 수 있을 것이라는 차이 정도다.

당화네 가족은 어른이나 아이들이나 낙양성과 개봉성의 멸망에 대해서는 한마디도 입에 담지 않았다.

두 성의 멸망은 중원천하를 떠들썩하게 만들었는데 이들 가족이 모르고 있을 리가 없다.

아마도 그들은 기개세를 배려한다고 거기에 대해서는 말

하지 않는 것 같았다.
 그들은 또 기개세에 대해서는 아무것도 묻지 않았다. 단지 그가 피를 흘리는 것을 보고 당화 엄마가 치료를 해주겠다고 조심스럽게 말했을 뿐이다.
 묻지 않는 것은 기개세를 무시해서가 아니라 너무 조심스럽기 때문이다.
 천만다행인 것은, 이들 일가족이 낙양성이 멸망하기 전에 그곳을 떠났다는 사실이다.
 그러지 않았으면 기개세와 지금 이렇게 얼굴을 마주하고 앉아 있지도 못했을 것이다.
 "나는 남경성으로 가는 길이오."
 한참 만에 기개세가 조용한 어조로 입을 열었다.
 당화네 가족은 기개세를 주시했다.
 기개세는 양옆에 앉은 당화와 당옥의 머리를 쓰다듬으면서 말을 이었다.
 "괜찮다면 나를 따라서 남경성으로 가지 않겠소?"
 그는 어떻게 해서든 이들 가족을 돕고 싶었다. 그에게 있어서 이들 가족은 낙양성과 개봉성의 수십만 성민들을 대표하고 있었다.
 천검신문이 아니었으면 낙양성과 개봉성의 성민들은 그런 처참한 죽임을 당하지 않았을 것이다.

과중한 세금이 버겁고, 나라를 잃은 설움이 크더라도 어떤 형태로든 허위허위 살아가고 있었을 것이다.

그런데 그들은 모두 오랑캐의 칼 아래 죽임을 당하고, 낙양성과 개봉성은 원귀들만 득실거리는 황량한 곳으로 변하고 말았다.

기개세는 줄곧 그 일을 가슴에 꾹꾹 묻어두고 있었다. 이미 죽어버린 성민들에게 죄스럽고 미안하지만 이제 와서는 돌이킬 수 없는 일이 돼버렸다.

그래서 그는 당화네 가족을 만났을 때 마치 두 성의 성민들을 다시 만난 것마냥 반가웠던 것이다.

그의 제안에 당화네 가족 모두의 얼굴에 기대와 기쁜 표정이 가득 떠올랐다.

당화 아버지가 무릎을 꿇은 자세로 고개를 숙이며 조심스럽게 물었다.

"그럼 도읍을 남경성으로 천도(遷都:도읍을 옮김)하시는 것입니까?"

이들 가족은, 아니, 이들뿐만 아니라 중원천하의 모든 백성은 이제 천검신문 태문주를 대륙의 황제라고 여긴다. 그러므로 당화 아버지가 그렇게 묻는 것도 무리가 아니다.

"천도는 무슨……."

그것을 잘 알고 있는 기개세는 당화 아버지가 그렇게 묻는 것이 부담스러웠다.

"낙양성은 지형적으로 내륙 깊숙한 곳이다 보니까 여러모로 세력을 움직이는 것이 불편해서 편한 곳으로 거점을 옮기는 것이오."

그 말이 그 말이다. 엎어치나 메치나 같은 말이다.

"그대들에게 남경성에 기반을 마련해 줄 테니 그곳에서 새롭게 시작해 보시오."

너무도 황공한 말에 당화네 가족은 아무도 입을 열지 못했다. 다만 당화와 당옥만이 햇살처럼 밝은 얼굴로 기개세에게 달라붙었다.

"우리 남경성에 가는 거예요?"

"거기 가면 맛있는 것 많이 먹나요?"

"그럼."

기개세는 두 아이의 머리를 쓰다듬었다.

당화 아버지와 엄마, 그리고 할머니는 말없이 눈물을 흘리면서 그 자리에 엎드려 기개세에게 큰절을 올렸다.

기개세가 '태문주'라는 호칭을 입에 담지 말라고 해서 말을 극도로 아끼고 있으나, 그들 마음속의 존경심은 누구에게도 뒤지지 않았다.

그때 당화 엄마가 이마를 바닥에 댄 채 울먹이는 듯한 목소리로, 그러나 진심 어린 목소리로 말했다.

"만약 저희들이 낙양성에 남아 있다가 오랑캐에게 변을 당했더라도… 추호도 태문주님을 원망하지는 않았을 거예요. 오히려 태문주님의 은혜를 입고 살 수 있어서 진심으로 감사했을 거예요."

기개세의 심장이 뭉클했다.

그는 애잔한 눈빛으로 당화 엄마를 굽어보았다. 그의 가슴에서 잔잔한 눈물이 흘러내렸다.

작은 돛을 단 당화네 배는 느릿느릿 황토색 물결 위를 넘실넘실 흘러갔다.

당화 아버지는 배의 뒤쪽 고물 옆에서 낚시에 열중하고 있는 중이다.

죽으로 끼니를 때우고 있는 이 시기에 물고기는 더없이 좋은 식량이다.

더구나 태문주께 끼니때마다 죽을 드리는 것이 너무도 죄스러운 당화네 가족이라서 어떻게든 당화 아버지가 물고기를 많이 잡아 올리기만 기대하고 있는 중이었다.

그는 막 한 마리 누런 잉어를 낚아 올려 망태에 넣으려다가 간이 오그라들 정도로 놀랐다.

"앗!"

눈부시게 흰 바닥에 끌리는 긴 치마를 입은 여자의 하체를 발견했기 때문이다.

 당화 아버지는 잉어가 바닥에서 펄떡펄떡 뛰는 것도 모른 채 긴 치마를 입은 사람을 보기 위해서 조마조마한 마음으로 고개를 들었다.

 그러면서 그는 긴 치마를 입은 사람이 태문주를 해치러 온 것이 아니기를 간절하게 빌었다.

 "아······."

 긴 치마의 주인을 확인한 당화 아버지의 입에서 나직한 탄성이 흘러나왔다.

 그리고는 그는 자신도 모르게 눈을 반쯤 감았다. 긴 치마의 주인이 너무도 눈부시게 아름답기 때문이었다.

 이어서 그는 자세를 가다듬고 절을 올리려고 하였으나 뜻을 이루지 못했다.

 어찌 된 일인지 아무리 애를 써도 허리도, 고개도 굽혀지지가 않았다.

 [보는 눈이 많아요. 예를 삼가세요.]

 그때 당화 아버지의 머릿속에서 마치 촛불이 켜지는 것처럼 옥쟁반에 구슬을 굴리는 것 같은 여자의 목소리가 들렸다.

 당화 아버지는 그 즉시 그 목소리가 긴 치마를 입은 사람의 말이라는 것과 또한 그 말뜻을 알아차렸다.

 그는 긴 치마를 입은 사람을 보는 순간 그녀가 예전 낙양성에서 태문주와 함께 움막을 새로 지어준 그의 부인, 즉 천부인이라는 사실을 기억해 냈다.

당화 아버지는 갑자기 생각나는 것이 있어서 주위를 두리번거렸다. 천부인이 어떻게 갑자기 나타났는지 궁금하기 때문이었다.

하지만 그의 생각하고는 달리 주위에는 넘실거리는 황토색의 강물뿐 배 같은 것은 수십 장 멀리에 떠 있는 것들만 보였다.

더구나 멀리에 있는 그 배들도 다 고만고만한 조각배들뿐이어서 천부인이 타고 왔을 것 같지는 않았다.

사륵—

천부인, 아미가 가까이 다가가자 움막의 입구를 막은 천이 저절로 좌우로 열렸다.

그녀는 움막 안으로 두어 걸음 들어가다가 말고 뚝 걸음을 멈추었다.

그녀의 시선은 움막 안쪽에 단정한 가부좌의 자세로 앉아 있는 기개세의 얼굴에 꽂혔다.

기개세는 그녀를 보면서 빙그레 온화한 미소를 짓고 있었다.

그런 그를 바라보는 그녀의 크고 아름다운 두 눈에 찰랑찰랑 눈물이 고여들었다.

삼백 년 하고도 칠십여 년을 더 살아온 그녀지만, 이날까지 한 방울의 눈물도 흘린 적이 없었다.

전대 태문주의 수하로 중원천하를 누빌 때에도, 어떠한 고난이 닥쳐왔어도 눈물은커녕 오히려 불끈 힘을 내서 적을 물리쳤던 그녀다.

[이리 오너라.]

기개세가 그런 심어를 발하지 않았더라도 아미는 이미 그의 생각을 읽었다.

기개세에게 바짝 다가간 그녀는 치마를 걷어 올려 그의 허벅지 위에 다리를 활짝 벌리고 마주 앉아 두 팔로 그의 등을 힘주어서 꼭 끌어안았다.

[걱정했구나.]

아미는 말없이 그의 뺨에 자신의 뺨을 비비다가 그런 말을 듣자 왈칵, 하고 흐느낌을 터뜨렸다.

[나는 죽지 않는다, 아미 너를 두고는.]

그 말에 아미는 더 이상 참을 수가 없어서 섬섬옥수로 그의 두 뺨을 잡고 미친 듯이 입을 맞추었다.

난생처음 기개세를 사랑하게 된 그녀는, 천족이 아닌 인간의 사랑을 하고 있었다.

*   *   *

소옥군 등이 타고 있는 쌍봉선은 제남성에서 동쪽으로 삼백여 리나 멀리 떨어진 황하 하류의 화진현(和津縣) 포구 깊숙한 곳에 꼭꼭 숨어 있었다.

그렇게 멀리 가 있었으니 신삼별조나 울고수들이 찾아낼 리가 없었던 것이다.

소옥군은 기개세가 가장 걱정하는 것이 자신들의 안위라고 생각했다.

그래서 그의 걱정을 덜어주는 것이 그를 위하는 길이라고 여겨 밤낮으로 쌍봉선을 달렸던 것이다.

모르는 사람들은 '어떻게 남편을 사지에 남겨두고 마누라들끼리만 도망칠 수 있느냐' 라고 말할지 모른다.

하지만 그것은 쥐뿔도 모르는 소리다. 오히려 그녀들이 신삼별조나 울고수들에게 제압되어 기개세를 협박하는 미끼로 쓰였다면 그것이 더욱 못할 짓인 것이다.

아내들이 할 일은, 그저 남편이 아무 걱정 없이 하고 싶은 대로 실컷 할 수 있도록 해주는 것이다.

과연 소옥군은 현명했다. 그 덕분에 기개세와 네 명의 아내들은 아무 일 없이 다시 상봉할 수 있었다.

쌍봉선이 이미 적에게 드러났으므로 계속 타고 갈 수는 없게 되었다.

그래서 기개세의 명령을 받은 성검고수들이 화진현에서 황하 하류 쪽으로 삼십여 리 거리에 있는 동영(東營)이라는 곳에서 적당한 크기의 배 두 척을 구해왔다.

동영은 원래 배를 건조하는 조선창(造船廠)들이 많기로 산동성 으뜸인 곳이다.

이후 기개세는 쌍봉선을 화진현 포구에 버려두고 두 척의 배를 이끌고 다시 길을 떠났다.

쌍봉선은 처음부터 유람선을 목적으로 건조했기 때문에 아무리 위장을 해도 적들을 속이는 데에는 무리가 따르기 때문에 버릴 수밖에 없었다.

갈아탄 배가 중간 크기라고 해도 척당 백여 명이 너끈하게 탈 수 있을 정도의 규모다.

한 척에는 성검고수들이 타고 바다로 향했으며, 또 한 척에는 기개세와 네 명의 아내들, 그리고 가란 일행과 삼야차, 당화네 가족이 탔다.

기개세 일행의 배는 성검고수들이 탄 배의 십여 리쯤 뒤에서 따라갔다.

일단 바다로 나서자 돛을 모두 펴고 전속력으로 남쪽을 향해 물살을 갈랐다.

독고비에게는 따로 전서구를 보내서 오십 명의 천인사들을 데리고 올 필요가 없으며, 그녀는 남경성에서 기다리고 있으라고 알렸다.

 늦은 밤에 화진현을 떠난 배는 두어 시진 만에 드넓은 망망대해로 나섰다.
 방에는 기개세와 아미, 단 두 사람만 있었다. 평소 같았으면 아내들을 다시 만난 기쁨으로 거하게 술자리라도 마련할 그이지만, 오늘은 달랐다.
 아미가 애써서 감추려고 하지만, 그녀가 중상을 입었다는 사실을 기개세가 알아차렸기 때문이다.
 천족끼리인 두 사람 사이에는 비밀이 없다. 감추려는 자체가 어불성설이다.
 탁자와 벽 두 군데 놓인 유등에서 불빛이 흘러나와 실내를 흐릿하게 밝히고 있었다.
 부름을 받고 방에 들어온 아미는 기개세가 방 한가운데에 가부좌로 앉아 있는 것을 보았다.
 그녀는 방에 들어오기도 전에 이미 기개세의 생각을 읽은 상태다. 천족끼리는 굳이 얼굴을 꼭 봐야지만 생각을 읽는 것이 아니다.
 잠시 머뭇거리던 그녀는 사박사박 걸어가서 기개세 앞에 멈추어 섰다.
 지금 기개세는 아미의 상처를 치료하려는 것이다.

그녀는 황일교 포구에서 백오십여 명의 지옥잔들을 모조리 죽이는 과정에서 어깨와 가슴, 옆구리와 허벅지에 깊은 검상을 입었다.

하지만 그녀는 그런 몸으로도 자신을 조금도 돌보지 않고 쌍봉선에 가서 소옥군 등이 무사한 것을 확인했으며, 그 직후에는 기개세를 찾으려고 돌아다녔던 것이다.

기개세를 만나고 나서도 그가 충분한 휴식을 취할 수 있기를 바라는 그녀는 자신의 상처를 감추려고 무진 애를 썼으나 결국 들키고 만 것이다.

그녀가 중상을 입었다는 사실을 알고서도 그냥 넘어갈 기개세가 아니다.

그는 적에게는 잔인무도하지만 아내들과 측근들에겐 더없이 다정다감한 사람이다.

사륵…….

기개세의 뜻을 거스를 수 없다는 것을 깨달은 아미는 할 수 없이 허물을 벗듯이 옷을 벗었다. 곧 그녀의 눈부신 나신이 드러났다.

잡티 한 점 없는 눈이 부시도록 희고 투명한 나신이다. 마치 스스로 빛을 발하는 발광체처럼, 그녀의 나신에서는 은은하면서도 성결한 광채가 흩뿌려지고 있었다.

그녀의 머리카락이 빛나는 은발(銀髮)인 것처럼, 그녀의 음모(陰毛)도 은빛이다.

기개세는 고개를 들어 그녀의 몸을 훑어보았다. 어깨와 가슴, 옆구리와 허벅지의 상처는 지혈된 상태이지만, 아직 치료를 하지 않아서 찔리고 베인 상처가 고스란히 드러나 있었다.

상처들은 하나같이 심각해서 보통 인간이라면 그중 하나만으로도 죽을 수 있을 정도다.

아미는 기개세 앞에 조심스럽게 옥체를 뉘었다. 그가 치료해 준다면 그녀는 불과 두어 시진이면 흉터조차 남기지 않고 말끔하게 완쾌될 것이다.

[무서웠느냐?]
기개세는 아미의 뺨을 어루만지면서 온화하게 물었다.
[아뇨. 하지만 문주를 걱정했어요.]
아미는 고개를 살래살래 가로저었다. 겸손도, 꾸밈도 모르는 그녀지만 어느 누구보다도 진실하다.

치료를 끝낸 두 사람은 알몸으로 침상에 있다. 누워 있는 아미의 가녀린 몸 위에 자신의 육중한 몸을 실은 기개세는 그녀의 은발을 부드럽게 쓰다듬었다.
[이제부터는 혼자 두지 않으마.]
[고마워요. 하지만 저는… 아!]
기개세가 어떻게 했는지 그녀는 심어를 발하다가 깜짝 놀

라는 표정으로 탄성을 터뜨렸다.

그녀는 그때부터 아무 말도 하지 않았다. 아니, 말을 할 수가 없었다.

숨이 턱 막힐 듯이 거대하게 밀고 들어오는 기개세 때문에 그녀는 마치 커다랗고 날카로운 칼에 은밀한 곳을 찔린 듯한 표정을 지었다.

하지만 그녀의 얼굴에는 고통이 아니라 희열의 표정이 가득 물결처럼 번졌다.

뿐만 아니라 그 칼에 더 깊이, 그리고 마구 찔리고 싶어서 두 손을 뻗어 기개세의 엉덩이를 움켜잡고 끌어당겼다.

그녀의 입에서 촉촉하게 젖은 달뜬 신음이 흘러나왔다.

"아아… 사랑해요, 여보……."

심어를 사용하지도 않고, 또 문주도 아니다. 여보란다. 그녀도 이제 인간이 다 됐다.

第百二十一章

극적탈출

대사부

기개세의 배에 급보가 도착한 것은 화진현을 출발한 지 이틀째 되는 날 석양 무렵이었다.

"비아가 남경성으로 돌아가지 않았다고?"

탁!

기개세는 움찔 놀라서 서찰을 읽고 있는 소옥군의 손에서 서찰을 뺏듯이 낚아챘다.

서찰은 남경성에 있는 천라대주 나신효가 보낸 것이다.

거기에는 독고비가 남경성에 도착하여 천인사 오십 명을 이끌고 태기산맥으로 북상했다가 중도에 천인사들만 돌려보내고 그녀는 계속 북상했다고 적혀 있었다.

그녀가 혼자 북상한 이유는 서찰에 적혀 있지 않았으나, 기개세 등은 그 이유를 충분히 알 수 있었다.

독고비는 필경 기개세를 찾으러 갔을 것이다. 남경성에서 기다리고 있으면 조만간 그를 만날 수 있을 텐데도, 그걸 참지 못하고 직접 찾으러 간 것이다.

독고비는 북상하기만 하면 무조건 기개세를 찾을 수 있을 것이라고 생각한 모양이다.

그녀가 요행히 쌍봉선을 찾는다 하더라도 기개세는 더 이상 그곳에 없다.

기개세 일행이 두 척의 중간급 배에 나누어 타고 남행 중이라는 사실은 남경성에도 알리지 않았다. 구태여 그럴 필요가 없었기 때문이다.

더구나 그녀는 연락을 취할 전서구도 지니고 있지 않기 때문에 더욱 난감했다.

기개세 일행은 이미 동해상에 나와 있는데 그녀는 북상을 했으니 엇갈려도 너무 엇갈려 버렸다.

*   *   *

태자 이반은 이미 태문주를 놓쳐 버렸다고 판단했다.

그렇다고 복수까지 포기한 것은 아니다. 아니, 시간이 지날수록 태문주에 대한 원한이 눈덩이처럼 커져서 이제는 주체하기도 힘들다.

그는 태기산맥에서 태문주를 놓친 후에 신삼별조에게 각각 동해와 육로를 샅샅이 수색하라고 명령했다.

천검신문이 남경성을 장악하고 그곳을 중심으로 세력을 넓히고 있다는 보고를 들었으나 무시해 버렸다.

지금 이반에게 가장 중요한 것은 태문주를 붙잡아서 처참하게 죽이는 것뿐이었다.

그것을 이루기 전에는 아무것도 할 수 없을 것 같았다. 그는 자신의 인생을 깡그리 태문주를 죽이는 일에만 전력할 각오다.

현재 천검신문이 남경성을 본거지로 삼아서 세력을 넓히는 중이라고 했으니까 태문주는 필경 남경성으로 가고 있는 중일 것이다.

그러므로 태문주를 앞질러 가서 길목을 차단해 버리면 다시 한 번 기회가 찾아올 것이라고 믿었다.

현재 동해는 지옥잔별이, 바닷가에 인접한 폭 백여 리는 무한겁별이, 그리고 그곳에서 내륙으로 오십여 리는 수라쾌별이 훑으면서 남하하고 있다.

이반은 무한겁별이 훑어 내려가고 있는 지역이 태문주를

발견할 확률이 가장 높다고 생각했다.

화진현에서 태문주 일행이 탔던 쌍봉선이 발견됐다. 그렇다면 그들은 배를 버리고 육로를 이용하고 있다는 뜻이다.

그런 추측이 가능한 이유는, 조사한 결과 그들이 화진현에서 다른 배를 구하지 않았음을 알게 되었기 때문이다.

그래서 가능성이 얕은 동해는 이제 삼백여 명밖에 남지 않은 지옥잔별에게 맡겼다.

반대로 가능성이 가장 높은 바닷가에서 내륙으로 폭 백여 리는 무한겁별에게, 그리고 거기에서 더 안쪽으로 오십여 리는 수라쾌별에게 훑어 내려가라고 명령한 것이다.

수라쾌별이 훑고 있는 곳에서 내륙으로 더 안쪽은 태기산맥 아래쪽이다.

태문주는 마지막에 태기산맥 북쪽으로 도주를 했는데 다시 돌아와서 일행을 이끌고 태기산맥 아래쪽으로 남하했을 리가 없다.

그렇게 거의 확신하면서도 이반은 원래 의심이 많은 성격이라서 태기산맥 남쪽을 방치해 두지 않았다.

그래서 뒤늦게 합류한 패가수에게 태기산맥에서 남쪽으로 내려가면서 수색을 벌이라고 지시했다.

그리고 이반 자신은 육룡신장을 이끌고 무한겁별의 뒤를 따라서 남하했다.

그러면서 그는 자금성에 연락을 취했다.

울제국의 전체 고수와 전군(全軍)을 남경성 근처로 집결시키고 부친; 즉 울황제의 친위대인 울황위전신대(兀皇衛戰神隊)를 파견해 달라고 요청했다.

만 명으로 이루어진 울황위전신대는 울전대(兀戰隊)라고 약칭되며, 언제나 울황제 곁을 그림자처럼 호위하는 무적강병(無敵强兵)이다.

울전대는 군사들이다. 그러나 보통 군사가 아니다. 그들을 설명하는 말로는 '무적강병' 이라는 것밖에 없다.

이반도 울전대에 대해서 정확하게는 알지 못한다. 울황제가 직접 가르치고 키웠기 때문이다.

다만 언젠가 울황제가 지나가는 말처럼 이반에게 한마디 한 적이 있었다.

"으헛헛헛! 이 녀석아! 네가 자랑하는 신삼별조라고 해도 울전대와 붙여놓으면 한 시진도 버티지 못하고 전멸할 게다!"

울전대는 울황제만이 움직일 수 있다.

이반은 바로 그 울전대를 울황제에게 직접 요청한 것이다.

그는 이참에 아예 남경성을 쓸어버릴 생각이었다.

　　　　　　*　　　*　　　*

 태기산맥 남쪽 끝에 위치한 몽산(蒙山)의 어느 골짜기에서 패가수 일행은 잠시 휴식을 취하고 있는 중이었다.
 수려한 경치의 골짜기 복판으로는 얼음처럼 차고 맑은 계류가 졸졸 흐른다.
 계류 옆 자갈 바닥에 패가수와 남궁산, 두 명의 군주가 건량과 건육을 먹으며 요기를 하고 있었다.
 패가수가 이끄는 토벌총군은 낙양대전에서 대패한 뒤에 북경성으로 철수하던 중에 이반의 명령으로 개봉성을 공격하려고 회군했었다.
 그러나 개봉성 문턱에서 또다시 기개세와 아미, 독고비에게 철저하게 유린당하고 말았다.
 이후 천검신문 고수들이 한 명도 없는 개봉성은 공격하지도 못한 채 철수해야만 했다.
 개봉성 북쪽 황하 강변에서 기개세와 아미, 독고비 세 사람에게는 그다지 많은 울고수와 울군사들을 잃지 않았다. 낙양대전에 비하면 새 발의 피다.
 그런데도 패가수와 남궁산이 느끼는 피해 의식은 개봉성에서의 싸움이 더 컸다.
 그곳에서 두 사람은 철저하게 망가지고 짓밟혔다. 기개세가 태양이고 아미가 달이며 독고비가 별이었다면, 두 사람은 벌레고 지렁이였다.

그 싸움에서 기개세는 패가수와 남궁산이 백 번을 다시 태어난다고 해도 도저히 상대할 수 없는 거대한 존재라는 사실을 분명하게 각인시켜 주었다.

패가수와 남궁산은 그 사실을 인정하지 못하는 것이 아니다.

분명히 인정하고 있다. 자신들은 백 번이 아니라 천 번 죽었다가 깨어나도 기개세를 이기지 못한다.

하지만 인정을 하면서도 분하고 원통한 마음이 드는 것까지는 어쩔 수가 없다.

기개세가 태양이고 자신들이 벌레라는 엄연한 사실과 그 엄청난 격차를 인정하면서도, 억겁이 흘러도 씻어지지 않을 것 같은 치욕이 지워지지 않는 것을 어쩌란 말이냐.

개봉성에서 기개세와 그의 두 여자에게 처절하게 짓밟힌 이후, 패가수와 남궁산은 말을 잃었다.

아니, 할 말이 없었다. 그래서 그때부터 지금까지 두 사람은 한마디도 말을 나누지 않았다.

토벌총군주인 패가수가 침묵하자 그 아래 군주들도 자연히 무거운 분위기가 됐다.

개봉성 싸움에서 패가수는 남궁산을 죽이려고 혈안이 된

기개세로부터 그를 구하느라 전력을 다했었다.

남궁산 하나만 내주면 되는 일을, 그를 보호하느라 울고수와 울군사 수천 명이 개죽음을 당했다.

하지만 지금도 그 일은 후회하지 않는다. 지금 또다시 그런 일이 생긴다고 해도 패가수는 똑같은 행동을 할 것이다.

무슨 일이 생기더라도 패가수에게 남궁산은 여전히 소중한 존재다.

그런데 어째서 남궁산마저도 아무런 말이 없는 것인가. 패가수가 지금처럼 힘들어하면 당연히 그가 무슨 위로의 말이라도 해줘야 하는 것이 아닌가 말이다. 그런데도 그는 끝끝내 입을 닫고 있었다.

물론 남궁산도 패가수 못지않게 큰 충격을 받았다. 그는 왼팔까지 잃지 않았는가.

그걸 알면서도 패가수는 그가 무슨 말이라도 해주기를 원했다. 아무 말이라도 괜찮다.

그저 건량이 맛이 없다느니, 오늘은 유난히 달이 밝다든지, 그런 말이라도 상관이 없다는 말이다. 그냥 말이면 된다는 것이다.

'이런 것이 알량한 인간의 감정이라는 것인가?'

그런 마음을 품고 있으면서도 패가수는 또한 한편으로는 자신의 그런 얄팍한 기대감을 꾸짖었다.

남궁산을 친동생처럼 여기기로 마음을 먹었으면, 그에게
아무것도 바라지 말고 끝까지 무조건적으로 헌신해야 하는
것이 아닌가라고 생각하면서도 그러지 못하는 자신이 자꾸만
미워지는 것이다.
 "총군주."
 그때 패가수의 등 뒤에서 나직하면서도 공손한 목소리가
들려왔다.
 패가수는 드디어 남궁산이 말을 거는 것이라 여기고 즉시
몸을 돌렸다.
 "그래. 뭐냐, 산?"
 그러나 남궁산은 다른 곳을 보고 있다가 의아한 얼굴로 패
가수를 쳐다보았다.
 "총군주, 척후로부터 전서구가 도착했습니다."
 공손히 말하면서 한 통의 서찰을 내미는 것은 심군주였다.
그는 남궁산을 구하려고 마조를 죽였던 인물이다.
 패가수는 굳은 얼굴로 남궁산을 힐끗 쳐다보고는 서찰을
읽기 시작했다.
 "불도주?"
 그가 서찰을 읽다가 움찔 놀라 중얼거리자 남궁산이 급히
가까이 다가왔다.
 "불도주가, 그년이 어떻다는 겁니까?"

극적탈출 211

그것이 개봉성 싸움 이후 남궁산이 처음으로 패가수에게 한 말이다.

같은 원수와 같은 치욕을 안고 있는 패가수와 남궁산은 그 한마디로 즉시 예전의 관계를 회복했다.

패가수의 눈이 번들거렸다.

"이곳에서 멀지 않은 남쪽에 불도주가 척후로 간 수하들에게 포위되어 있다고 한다."

"그년이……."

현재 패가수는 만 명의 울고수를 이끌고 있었다. 전투가 아니기 때문에 많은 인원이 필요하지 않아서 뛰어난 자들만 선발해서 데리고 온 것이다.

패가수는 전쟁에 대해서도 깊이 있게 공부했기 때문에 울고수를 이끌 때에도 전투의 개념으로 한다.

그래서 항상 척후를 먼저 보내는데, 그들이 불도주 독고비를 발견하여 포위한 상황에서 싸움을 벌이고 있다는 것이다.

척후는 항상 사백 명 규모의 조직인 중곤대를 보내는 것을 원칙으로 한다.

그렇다면 지금 현재 사백 명의 울고수가 불도주와 싸우고 있다는 얘기다.

그런데 그 순간 패가수와 남궁산의 머리에 동시에 떠오르는 존재가 있다.

바로 태문주 기개세다.

정보에 의하면 불도주는 태문주의 여러 부인 중 한 명이다. 그렇다면 그녀가 있는 곳에는 태문주가 함께 있을 가능성이 높다.

그런데 전서구가 갖고 온 서찰에는 불도주 혼자만 있다는 것이다.

불도주가 혼자만 돌아다닐 리가 없다. 근처 어딘가에 태문주와 천부인 등도 있을 것이다.

어쩌면 더 큰 세력이 웅크리고 있을지도 모른다. 그래서 패가수가 울고수들을 이끌고 그곳에 도착하면 일거에 급습해서 괴멸시키려는 수작은 아닌가. 그런 생각이 패가수와 남궁산의 머리에 동시에 떠올랐다.

그때 남궁산이 먹이를 발견한 맹수의 눈빛을 하고 패가수에게 건의했다.

"일단 천 명 정도만 보내고 우린 뒤에서 사태의 추이를 지켜보는 것이 어떻겠습니까?"

좋은 생각이다. 패가수가 궁리해 봐도 그보다 좋은 생각은 떠오르지 않을 것이다.

* * *

"하아아… 하아…….."

독고비는 당장에라도 심장이 터질 것만 같았다. 하지만 가쁜 숨만 몰아쉴 뿐 지금으로선 어떻게 해볼 도리가 없다.

죽이고 죽여도 끝없이 몰려들고 덤벼드는 울고수들을 상대하느라 숨 한 번 제대로 쉴 틈도 없는 상황이다.

한 시진 전에 그녀는 기개세를 찾아가려고 북상하던 중, 이곳 태기산맥 남쪽 숲 속에서 수백 명의 울고수들과 정면으로 맞닥뜨렸다.

그때부터 지금까지 백여 명의 울고수를 죽이는 동안 눈을 한 번 깜빡이는 순간조차도 쉬지 못했다.

울고수들이 전후좌우, 그리고 허공의 사방에서 흡사 소나기가 퍼붓듯이 공격을 퍼붓고 있기 때문이었다.

소나기를 몸에 맞으면 단지 젖으면 그만이지만, 이 도검의 소나기[刀劍雨]는 하나라도 맞으면 치명적이다.

실제 독고비는 소나기를 몇 군데 맞아서 여기저기에 가볍지 않은 상처를 입은 상태다. 그나마 다행인 것은 급소는 피했다는 것이다.

울고수들은 중원무림의 일류고수보다 두어 수 이상 고강한 수준이다.

그렇기 때문에 독고비가 제아무리 천불지도의 불도주라고

해도 오륙십 명의 울고수들을 상대하는 것이 한계다.

만약 그녀가 기개세의 여자가 되지 못했다면, 그래서 천신기혼이라는 전설의 기운을 갖지 못했더라면 이 정도까지 버틸 수가 없었을 것이다.

그렇더라도 독고비의 천신기혼은 이제 생성 단계에 있다. 기개세나 아미처럼 천 명, 만 명의 울고수들을 끝없이 상대할 수 있는 수준이 아닌 것이다.

그녀는 시간이 지날수록, 그리고 점점 더 지쳐갈수록 머릿속에는 한 가지 생각, 아니, 후회밖에 들지 않았다.

'대가하고 더 많이 자주 할걸……'

천신족인 기개세와 육체관계를 많이 할수록 천신기혼이 더 많이 생성되고 활성화된다고 아미가 말했었다.

독고비가 경험해 본 결과 그것은 사실이었다. 기개세와 한 차례 관계를 하고 나면 체내의 천신기혼이 하기 전보다 더욱 힘차게 활성화된 것을 생생하게 느끼곤 했었다.

그녀는 기개세와 한 번 정사를 시작하면 최소 서너 차례 이상 격렬하게 몸을 섞었었다.

그렇게 한 달만 밤낮없이 정사를 지속하면 자신도 아미 수준만큼 될 것이라고 확신했었다.

마음 같아서는 아무것도 하지 않고 일 년 열두 달 매일같이 기개세하고 침상 위에서 정사만 했으면 좋겠다고 생각하는 독고비다.

 꼭 천신기혼의 생성과 활성화 때문만은 아니다. 그녀는 정사가 너무 좋다.

 물론 기개세하고의 정사다. 그에게 몸을 내맡기면, 그리고 그의 품에 안겨서 그의 건강한 몸을 만지면서 느끼노라면 비로소 세상에 태어난 보람을 맛볼 수가 있었다.

 그것보다 더 큰 행복은 삼라만상을 다 뒤져봐도 없을 것이라고 장담한다.

 하지만 행복이든 정사든 이곳에서 살아 나가야지만 가능한 일이다.

 그런데 일각 전에 갑자기 울고수들이 떼거리로 더 많이 몰려들었다. 족히 천여 명은 되는 것 같다.

 한 시진 동안 고작 백여 명을 죽여서 삼백여 명이 남아 있는 상황이었는데, 천여 명이나 더 몰려들자 독고비는 온몸에 기운이 다 빠져 버렸다.

 처음이나 지금이나 그녀가 울고수들의 포위망을 빠져나가지 못하기는 마찬가지다.

 놈들의 겹겹이 에워싼 포위망은 얼마나 견고한지 마치 촘촘한 그물을 뒤집어씌운 듯했다.

 "학학학……."

 그녀는 한계에 도달했다. 처음에 비해서 검을 휘두르는 동작이 매우 느려졌으며, 두 발은 낙엽 더미 위에서 꼼짝을 하지 않고 서 있었다.

자세히 보면 그녀의 두 다리가 가늘게 떨리고 있는 것을 발견할 수 있었다. 그 정도로 기진맥진한 것이다.

너무 숨이 차서 심장이 목구멍 밖으로 튀어나올 것만 같고, 허파가 터져 버릴 것만 같았다.

오른손에 쥐고 있는 오룡신검이 만 근의 무게여서 당장에라도 던져 버리고 싶은 심정이다.

그 검은 일전에 구룡신장의 오룡신장과 싸울 때 뺏었는데, 자세히 보니까 희대의 신검이라 이름을 불도검(佛道劍)이라 바꾸고 그때부터 계속 사용하고 있었다.

독고비의 움직임이 눈에 띄게 느려졌다. 그녀는 이렇게 고통스럽게 싸우느니 차라리 죽는 쪽이 편할 것이라는 생각이 문득문득 들었다.

하지만 그럴 수는 없다. 그렇게 되면 다시는 기개세를 만날 수가 없다.

그것은 죽는 것보다 싫다. 지금 그녀를 끈질기게 버티게 해주는 것은 기필코 살아남아서 기개세를 다시 만나겠다는 일념뿐이다.

'사랑해요. 죽도록 사랑해요… 미치도록 사랑해요…….'

그녀는 계속 속으로 그 말만을 되뇌면서 불도검을 휘두르고 있었다.

푹!

"흑!"

그때 갑자기 등허리 쪽이 불에 달군 인두로 지진 것처럼 뜨끔해서 그녀는 헛바람 소리를 냈다. 그녀는 직감적으로 찔렸다고 생각했다.

우드드.

그녀는 자신의 몸속에서 칼이 뼈를 가르는 소리가 들리며 더 깊숙이 박히는 것을 느꼈다.

투우.

그리고는 명치 아래쪽 배로 무엇인가 뚫고 나오는 느낌을 느꼈다.

"……."

아래를 굽어보니 울고수의 반짝이는 기형검 끝이 반 뼘쯤 튀어나온 것이 보였다. 검첨에서는 방울방울 핏물이 흘러내리고 있었다.

"이야앗!"

순간 그녀는 빙글 몸을 돌리면서 불도검을 맹렬히 휘둘렀다. 최후의 발악 같은 것이다.

그 일검에 그녀의 등을 찔렀던 울고수와 그 옆에 있던 다른 울고수 두 명이 몸통이 잘려서 즉사했다.

"하악! 하악! 하아아……."

독고비는 등허리에 기형검 한 자루를 꽂은 채 비틀거리면서 격렬하게 헐떡였다.

빠르게 온몸에서 힘이 빠지고 어지러움이 심해졌다. 그냥 이대로 주저앉고만 싶은 마음이 간절했다.

지금 이럴 때 울고수들이 맹공을 가하면 자신은 이대로 죽을 수밖에 없다는 생각이 들었다.

"대가……."

그녀의 입에서 울컥울컥 피가 토해지면서 중얼거림도 함께 새어 나왔다.

이제는 서 있을 기력조차도 없다. 뭐가 잘못됐기에 이렇게 돼버린 것인가.

사랑하는 사람을 한시라도 빨리 보려고 한 것이 죄일까. 그것이 죄라면, 목마른 사람이 물을 찾는 것도 죄고, 숨을 쉬는 것도 죄다.

"대… 가……."

방금 전보다 더 흐릿한 중얼거림이 그녀의 까칠한 입술 사이로 흘러나오며 다리의 힘이 풀렸다.

털썩!

그녀는 그 자리에 무릎을 꿇고 주저앉았다. 이젠 어쩔 수 없다, 죽을 수밖에.

초점을 잃어가는 눈으로 그녀는 앞을 쳐다보았다. 될 수 있으면 앞에 있는 적이 죽여주기를 원했다.

그래야지만 자신의 죽음을 그나마 관조할 수 있을 테니까 말이다.

눈이 자꾸만 감겼지만 힘을 주어 부릅떴다. 그래도 눈꺼풀이 천근만근 무거워서 자꾸 내리 감겼다.

그런데 이상한 일이다. 잠시 시간이 흘렀는데도 적들이 공격을 해오지 않는다.

오히려 적들이 무기를 거두고 공손한 자세로 서 있는 것이 보였다.

그때 독고비의 눈에 전면에서 두 사람이 천천히 걸어오는 모습이 보였다.

그들이 누구라는 것을 확인하는 순간 그녀는 그나마 한 가닥 끝까지 지니고 있던 힘마저도 씻은 듯이 사라지는 것을 느꼈다.

두 사람은 다름 아닌 패가수와 남궁산이었다.

그들은 독고비의 일 장 전면에 멈추어 서서 그녀를 물끄러미 쳐다보았다.

침묵을 지키고 있지만, 그들의 입가에 흐릿하게 피어오른 득의한 미소와 비웃음으로 번들거리는 눈빛만 보고도 독고비는 온몸이 갈가리 찢어져서 해체되는 듯한 비참한 심정에 사로잡혔다.

독고비는 패가수와 남궁산이 자신이 죽어가는 모습을 지켜보면서 즐기려 한다는 것을 깨달았다.

그런데 잠시가 지나자 그녀는 희한하게도 두려움이나 비참함이 서서히 사라지고 있는 것을 느꼈다.

패가수의 불에 데어서 보기 싫게 일그러진 얼굴과 남궁산의 한쪽 소매가 헐렁한 것을 보자 비참함 대신 득의한 기분이 돼버렸다.

독고비는 그들이 어쩌다가 그 꼴이 됐는지 잘 알고 있었다.

패가수는 개봉성 밖 싸움에서 불덩어리로 변한 아미의 공격을 받아서 몸이 불에 타서 저 지경이 됐고, 남궁산은 낙성검가에 잠입하여 소옥군 등을 납치하려다가 상비에게 팔을 잃었다.

그 꼴을 보고 있자니까 독고비는 웃음이 나는 것을 참을 수가 없었다.

"호호홋! 그런 꼬락서니를 하고 나타나다니, 창피하지도 않느냐? 깔깔깔!"

독고비를 죽이게 되었다고 한창 득의해 있던 패가수와 남궁산은 그녀의 말에 움찔했다.

그녀가 아픈 곳을 건드리자 득의함이 사라지고 그 대신 분노와 수치심이 고개를 들었다.

그러나 독고비의 비웃음은 거기에서 그치지 않았다. 그녀는 자신의 처지도 잊은 듯 면전의 두 사람을 가리키면서 깔깔거렸다.

"오호호홋! 그렇게 된통 당했으면 방구석에 얌전히 처박혀서 반성이나 하고 있어야지 창피하게 어떻게 얼굴을 들고 다니는 것이냐? 수하들 보기에 부끄럽지도 않느냐?"

다 죽어가던 독고비는 어디에서 힘이 났는지 고개를 젖히고 신나게 웃어주었다.

"깔깔깔깔! 이놈들아! 대가와 아미 언니에게는 꼼짝도 못하는 주제에 나 하나 잡았다고 대가리 빳빳하게 세우고 의기양양해하다니, 가소롭구나! 가소로워!"

창!

"이년!"

남궁산이 하나뿐인 오른팔로 어깨의 검을 뽑으며 벼락같이 호통을 쳤다.

그러자 독고비는 갑자기 남궁산의 뒤쪽을 가리키며 의기양양하게 웃었다.

"남궁산 이놈아! 나를 죽이기 전에 네 뒤에 계시는 대가께 무릎부터 꿇는 것이 순서가 아니냐?"

"허엇!"

"헛!"

순간 패가수와 남궁산은 소스라치게 놀라 동시에 좌우로 쫙 벌어져서 피하면서 다급히 뒤돌아보았다.

그러나 뒤에는 기개세가 있기는커녕 울고수들만 묵묵히 서 있을 뿐이다.

독고비에게 속았다는 것을 깨달은 패가수와 남궁산의 얼굴이 썩은 돼지간 색으로 물들었다.

"이년……."

남궁산은 분노와 수치심 때문에 얼굴이 붉으락푸르락 변했고, 패가수는 불에 타서 일그러진 얼굴이라서 표정을 알 수가 없다.

하지만 태문주라는 말만 듣고도 혼비백산하는 모습을 보였으니, 자라 보고 놀란 가슴 솥뚜껑 보고 놀란다는 참담한 심정일 것은 기정사실이다.

그때 남궁산이 수중의 검을 치켜들고 독고비에게 가까이 다가들었다.

"흐흐흐… 네년이 목이 잘라진 후에도 주둥이를 놀리는지 두고 보겠다."

이미 죽음을 각오한 독고비는 한 치도 물러나지 않고 준엄하게 꾸짖었다.

"남궁산! 너는 중원 사람이면서 오랑캐 발바닥이나 핥고 있다니, 부끄러운 줄 알아라. 이놈아, 네놈 때문에 앞으로 중원에서 남궁 성씨를 갖고 있는 사람은 얼굴을 들고 다니지 못할 것이다."

한마디 한마디 정곡을 찌르고 가슴을 후벼 파는 말에 남궁산은 자신이 칼자루를 쥐고 있으면서도 부끄러움 때문에 쥐구멍에라도 들어가고 싶은 심정이었다.

그러나 그는 부끄러움을 분노로 바꾸는 능력을 지니고 있다. 편리한 능력이다.

독고비는 천천히 몸을 일으켜서 우뚝 섰다. 기형검이 등허리에 꽂혀서 검첨이 배로 튀어나온 모습으로도 조금도 굴하지 않고 당당하게 말했다.

"잘 들어라, 이놈들아! 나의 구대조(九代祖)께선 제팔대 천검신문 태문주셨던 절대검황 독고성이시다!"

걸어가던 남궁산이 뚝 걸음을 멈추었다. 그는 설마 하는 표정으로 독고비를 쳐다보았다.

"나는 천신족이다. 그러므로 너희 같은 하찮은 인간들에겐 죽지 않는다."

"천신족……."

남궁산은 놀라움으로 물든 얼굴로 독고비를 주시했다.

독고비는 왼손을 뒤로 돌려서 기형검의 검파를 움켜잡더니 힘을 주어 단번에 뽑았다.

푸악!

순간 등허리와 배에서 분수처럼 새빨간 핏물이 뿜어졌다.

"멈춰라, 피!"

독고비는 남궁산을 쏘아보며 낭랑하게 외쳤다. 마치 그들에게 똑똑히 잘 보라고 말하는 것 같았다.

그러자 분수처럼 뿜어지던 핏물이 거짓말처럼 뚝 그쳤다.

남궁산은 피가 멈춘 독고비의 배와 그녀의 얼굴을 적잖이 놀라는 얼굴로 쳐다보았다.

마치 그녀가 천신족이기 때문에 그런 것이 가능한 것이 아닌가 하는 표정이다.

그때 갑자기 주위가 어두워졌다. 지금은 밤이지만 보름달이 둥실 떠 있어서 매우 밝았었는데, 마치 보름달이 구름 속으로 들어간 것처럼 느닷없이 어두워진 것이다.

그러자 울고수 몇 명이 부지중 위를 쳐다보다가 대경실색한 표정을 지으며 비명을 질렀다.

"아앗!"

"와앗! 저게 뭐냐?"

모두의 시선이 일제히 위로 향하더니 얼굴에 극도의 경악이 떠올랐다.

나무들이 울창하게 자란 높은 숲 위에 어떤 괴물체가 날개를 활짝 펼친 채 정지해 있었다. 그런데 너무 커서 마치 전각 한 채가 떠 있는 것 같았다.

 날개를 펼치고 있는 것을 보면 새가 분명한데, 도대체 무슨 새가 저렇게 거대한지 패가수와 남궁산, 울고수들은 눈을 휘둥그렇게 뜨고 놀라기만 할 뿐이었다.

 구우우······.

 그때 괴물체가 땅이 갈라지는 듯한 음향의 울음소리를 내면서 고개를 아래로 향했다.

 화등잔처럼 커다란 두 눈에 마치 불이 켜진 듯 이글거리면서 아래를 굽어보자 울고수들은 자신도 모르게 움찔 몸을 떨었다.

 '저것은?'

 그때 독고비의 눈이 반짝 빛났다. 그녀의 시선이 괴물체의 얼굴에 고정되었다.

 괴물체는 새의 얼굴을 하고 있었다. 그런데 굳게 닫혀 있는 커다란 부리는 윤기가 자르르 흐르는 칠흑 같은 흑색이고, 머리 정중앙에서 부리가 시작되는 곳까지 세로로 흰색의 띠가 선명하게 그어져 있었다.

 '상비?'

 독고비는 어리둥절한 표정을 지었다. 지금 그녀가 보고 있는 괴물체의 얼굴 모습은 천상조이며 불사조이기도 한 상비가 분명했다.

하지만 상비는 원래 매 정도의 크기다. 저렇게 거대한 상비라는 것은 상상도 할 수가 없다.

콰아아—

그때 갑자기 괴물체가 날갯짓을 하면서 아래로 하강하기 시작했다.

태풍처럼 거센 바람이 일면서 아름드리나무들이 뿌리째 뽑혀서 사방으로 날아갔다.

"으왓!"

"와악!"

포위하고 있던 울고수들은 지푸라기처럼 사방으로 날아가면서 어지럽게 비명을 터뜨렸다.

"우웃……."

패가수와 남궁산도 쓰러질 듯이 비틀거리면서 마구 뒷걸음질쳤다.

버티려고 했으나 불가항력이다. 괴물체가 하강하면서 하는 날갯짓은 수백 명이 한꺼번에 장풍을 쏟아내는 것 이상의 위력이기 때문이었다.

그런데 실로 희한한 일이다. 중상을 입은 독고비는 아무렇지도 않았다.

산들바람이 살랑살랑 불어서 그녀의 머리카락과 옷자락을 펄럭이는 정도일 뿐이다.

괴물체는 태풍 이상의 광풍을 일으킨 것과는 달리 소리도 없이 날개를 접으며 사뿐하게 독고비 옆에 내려앉았다.

비비… 비리릿… 비릿…….

그리고는 예의 귀에 익은 울음소리를 내면서 상비가 독고비의 어깨에 부리를 문지르면서 친근감을 표시했다.

"비야……."

독고비는 반가움에 눈물을 글썽이며 상비의 날개를 쓰다듬었다.

그러자 상비는 부리로 그녀의 뒷덜미를 살짝 물어서 자신의 등에 태웠다.

사실 독고비는 중상을 입은 상태라서 상비 등에 올라탈 힘조차도 없었다.

그녀는 이런 지옥 같은 곳에서 상비를 만났다는 자체가 기쁠 뿐이지 어떻게 해서 상비가 이렇게 커졌는지에 대해서는 생각하고 싶지 않았다.

뒤늦게 정신을 차린 패가수와 남궁산이 벼락같이 독고비를 향해 쏘아가며 소리쳤다.

"공격해라!"

원래 무서움을 모르는 울고수들은 사방에서 벌떼처럼 신

형을 날리며 공격을 개시했다.
　구아악!
　쏴아아—!
　그 순간 상비가 날개를 활짝 펴고 힘차게 수직으로 솟구쳐 올랐다.
　"우아앗!"
　"흐앗!"
　상비가 하강할 때보다 더 거센 바람이 휘몰아치자 덮쳐들던 울고수들은 가랑잎처럼 사방으로 날아갔다.
　독고비는 상비의 등에 엎드린 채 목덜미를 쓰다듬었다.
　"고마워, 비야, 정말 고마워……."
　비리릿… 비빗…….
　상비는 하늘 높이 떠오른 후에 동남쪽 방향으로 비행하기 시작했다.
　상비의 등은 너무도 푹신하고 따스했다. 긴장이 풀린 독고비는 스르르 눈이 감겼다.
　그녀가 누운 곳은 상비의 날개 사이인데 움푹 들어갔으며 양쪽에 날개가 벽처럼 솟아 있어서 웬만해서는 떨어지지 않을 듯했다.
　더구나 상비는 빛처럼 빠르게 날면서 조금도 흔들리지 않아서 독고비는 침상에 누워 있는 것처럼 편안했다.

그녀는 이제 오래지 않아서 기개세를 다시 만나게 된다는 생각에 입가에 행복한 미소를 머금으면서 혼절의 늪으로 깊이 빠져들어 갔다.

第百二十二章

천신국(天神國)

대사부

천하에서 남경성은 성지(聖地)가 되었다.
 이유는 하나다. 천검신문 대문주가 남경성을 도읍으로 삼았다는 소문이 일파만파로 퍼졌기 때문이다.
 천하의 모든 사람들은 신분을 떠나고 남녀노소를 가리지 않고 남경성에서 살기를 원했다.
 남경성이 있는 강소성과 인접한 지역의 사람들은 이미 자신들이 살던 기반을 버리고 가족을 이끌고 길을 떠나 남경성에 합류했다.
 초창기에는 울제국이 그런 사실을 몰랐기 때문에 남경성

으로 떠나는 백성들을 그대로 내버려 두었다.

하지만 오래지 않아서 그 사실이 알려지고 난 후에는 엄히 단속하라는 황명이 내려졌다.

그때부터 중원의 각 성과 현, 마을마다 울군사들이 눈에 불을 켜고 백성들이 떠나는 것을 제지했다.

그러나 중원은 예로부터 백성들이 어디든지 마음대로 가서 살아도 된다는 것을 국법(國法)으로 명시하고 있었다.

그러므로 고향과 살던 곳을 떠나는 것을 울군사들이 제지할 명분이나 강제성이 없는 것이다.

결국 울군사들의 제지에 풀뿌리 백성들이 강력하게 반발하기 시작했다.

떠나려고 하는 사람이든, 피치 못한 사정으로 떠나지 못하는 사람이든 남경성으로 가고 싶은 마음을 하나로 모아서 백성들이 들고 일어섰다.

울군사들이 계속 제지하다가는 폭동으로 변하고 난(亂)으로 번질 것 같은 기세다.

어쩔 수 없이 울군사들은 물러서야만 했다. 그러자 백성들은 너도나도 길을 떠나기 시작했다.

떠나는 사람들이 얼마나 많은지 마치 전쟁이 나서 피난을 가는 행렬 같았다.

어떤 마을은 사람들이 모두 떠나 버려서 개 한 마리도 남아 있지 않았다.

번화하고 인구가 많은 성이나 현이라고 해도 최소한 절반 이상이 떠나 버렸다.

남은 사람들 중에서도 정리해야 할 일이 남았거나 출발이 조금 지연되고 있는 사람들이 태반이었다.

사태가 악화되자 각 지방을 담당하는 울제국의 관료들은 놀라서 앞 다투어 그 상황을 황궁에 보고했다.

마침내 황궁은 극약처방을 내리기에 이르렀다.

누구를 막론하고 살던 곳을 떠나는 자는 극형에 처한다. 이 황명은 새로운 포고(布告)가 있을 때까지 지속된다.

울제국 황제의 포고문이 나붙자 피난 행렬 같던 백성들의 남경성행이 주춤해졌다.

그렇지만 장강의 뒷물결이 앞 물결을 밀어내는 것 같은 거대한 행렬이 조금 약화되었을 뿐이지 근본적인 해결책은 되지 못했다.

백성들은 포고령을 조금도 믿지 않았다. 믿을 수가 없기 때문이다.

남경성으로 떠나는 사람들이 수백만 명에 달하는데 그들을 어찌 다 극형에 처한단 말인가. 말도 되지 않는 소리라고

코웃음을 쳤다.

그런데 그런 일이 현실로 벌어졌다. 울군사들이 남경성으로 향하는 백성들을 마구잡이로 잡아들여서 목을 벤 후 성 밖이나 마을 밖 관도 양편에 장대에 꽂은 수급을 일렬로 죽 매달아놓았다.

마을을 텅 비워놓고 떠났던 사람들은 모조리 참수당해서 마을 밖에 효시되었다.

남경성에서 새로운 생활을 할 것이라는 부푼 희망을 안고 떠났던 그들은 까마귀 떼에게 뜯어 먹히는 신세가 되어 자신들이 살았던 정든 마을을 바라보아야만 했다.

과연 황제의 포고령은 굉장한 효력을 발휘했다. 한 달 사이에 무려 삼십만 명에 달하는 백성들이 처형되자 백성들의 남경성으로의 탈출은 일제히 뚝 끊겼다.

이후 중원에는 두 가지 일이 일어나기 시작했다.

첫째는 폭동이다.

그렇지 않아도 나라를 잃고 울제국의 과중한 세금에 허덕이던 백성들은, 남경성으로 가려는 마지막 희망마저도 무참히 짓밟혀 버리자 마침내 울분을 터뜨려 무력 행동을 개시한 것이다.

백성들의 힘이 되어준 것은 명나라 때의 군사들이다. 과거 명나라는 백이십만 대군을 거느리고 있었다.

군사들은 모두 울제국에 의해서 강제로 해산되어 뿔뿔이 흩어져서 농사나 장사를 하고 있었는데, 그들이 일제히 떨치고 일어나 백성들과 함께 각 지역에서 봉기한 것이다.

 군사들에 이어서 백성들 편이 되어준 것은 녹림 무리들이다. 그들은 평소에 수적과 화적으로서 백성들을 약탈하며 괴롭혔으나 울제국이 백성들을 핍박하자 서슴없이 백성들의 편에 선 것이다.

 둘째는, 그래도 끊이지 않고 이어지는 남경성으로의 탈출 감행이다.

 포고령 이후에는 예전처럼 드러내 놓고 피난 행렬을 이루지는 못했지만, 백성들은 갖가지 방법으로, 그리고 소규모로 고향을 떠나 남경성으로 향했다.

 물론 그들 중에서도 많은 사람들이 울군사에게 붙잡혀서 처형을 당했다.

 그렇지만 탈출은 끊이지 않았다. 백성들의 그런 행동은 마치 어린 물고기 치어가 알에서 부화하여 바다로 떠났다가 큰 물고기로 성장한 후에 모천(母川)으로 돌아가려는 회귀 본능과 같은 것이었다.

 어떤 방법으로 탈출하다가 잡아서 처형을 당하면, 다른 가족은 또 다른 방법으로 탈출을 감행했다.

 그것은 드넓은 평야의 끝없이 펼쳐진 마른 초지에 불이 붙은 것과 같았다.
 아무도 그 불을 끄지 못했다.

  　　　　　　　*　　　*　　　*

 일 년이 지났다.
 지난 일 년 사이에 실로 많은 일들이 있었다.
 일 년이 지난 현재 천검신문은 강소성의 거의 대부분의 지역과 안휘성과 절강성의 일부분까지 장악했다.
 강소성의 홍택호(洪澤湖) 북쪽에 서에서 동으로 흐르는 당하(唐河)까지 칠백여 리를 수중에 넣었다.
 동쪽으로는 동해까지 오백여 리와 서쪽으로는 안휘성의 성도 합비성(合肥省)과 그 아래 남쪽으로 사백여 리에 위치해 있는 장강 건너 청양현(靑陽縣)까지.
 남경성에서 남쪽으로는 절강성의 성도인 항주성(杭州城)과 그 아래 서남에서 동북으로 흐르는 전당강(錢塘江)까지 천검신문의 강역(疆域)으로 삼았다.
 천검신문의 강역 내에는 몇 가지 특성이 있었다.
 첫째, 산이라고는 하나도 없다.
 북쪽에는 태기산맥이 버티고 서 있으며, 동쪽에는 동해가, 남쪽에는 항주성에서 서쪽으로 뻗은 천목산(天目山)과 회옥

산(懷玉山), 황산(黃山)이, 그리고 서쪽에는 합비성 너머의 천주산(天柱山)이 울타리가 되어주고 있다. 그 산들의 안쪽이 천검신문 지배하의 강역이다.

둘째, 강역 전체가 비옥한 전답이다. 예전에는 농사짓는 사람이 부족한데도 불구하고 갖가지 농산물을 중원에서 가장 많이 수확했었다.

그런데 올해는 일 년 전보다 세 배 이상 불어난 인구 덕분에 수확은 다섯 배 이상 많아졌다.

그로 인해서 천검신문 강역 내에서는 굶주림이란 말 자체가 사라졌다.

오히려 남아도는 곡식과 과실로 술을 빚고 떡을 만들어 연일 축제를 벌이면서 웃음소리가 끊이지 않았다.

셋째, 강과 호수가 많다.

얼마나 많으냐면 중원천하 전체의 강보다도 천검신문 강역 내의 강이 배 이상은 더 많을 정도였다.

강이 많다는 것은 강에서 나는 수산물이 풍족하다는 뜻이고, 강과 강, 그리고 호수로 연결된 수많은 운하로 인해서 수상 교통이 발달했다는 의미다.

그것은 군사적으로는 아군에게 유리하고 적에게는 불리하다는 뜻이기도 하다.

적이 남경성을 공격하기 위해서는 수백 개의 강과 그보다 더 많은 호수를 건너야만 한다. 그것은 자연이 만들어놓은 최상의 장애물인 것이다.

그러나 반대로 수많은 강과 호수들은 아군에게는 더할 나위 없이 유리한 방어선(防禦線)이 되어준다.

강 하나와 호수 하나는 수천, 수만의 군사나 고수로도 지키기 어려운 자연의 벽인 셈이다.

넷째, 천여 리에 이르는 해안선(海岸線)이 있다.

바다에서 나는 풍성한 수산물뿐만이 아니라, 배를 통해서 해외와 자유롭게 교역을 할 수가 있다.

그리고 충분한 군선(軍船)만 갖춘다면 동해를 완전히 장악할 수도 있었다.

울제국의 바다는 동해 북쪽과 남해에 국한되기 때문에 허리가 잘린 국면이다.

울제국은 천검신문이 장악하고 있는 동해 중부 해역을 마음대로 왕래하지 못한다면 절름발이 수군(水軍)일 뿐이다.

상기(上記)한 네 가지 특성 때문에 지난 일 년 동안 울제국은 눈엣가시 같은 천검신문을 마음먹은 대로 정복시키지 못했던 것이다.

언제부터인가 백성들은 천검신문 치하의 영역을 '천신국(天神國)'이라 부르고, 천검신문 태문주를 천신황제(天神皇帝)라

부르고 있었다.

그런 호칭이 언제, 어디에서부터 시작됐는지는 정확하게 알려진 바가 없다.

그러나 중요한 것은, 모든 백성들이 하물며 천검신문 휘하의 고수들마저도 그 호칭을 좋아하고 또 공공연하게 사용하고 있다는 사실이다.

천검신문의 영역 천신국 백성들은 자신들을 천신국의 백성이라는 뜻의 천신민(天神民)이라고 부르며 대단한 자부심을 지니고 있었다.

심지어 천신민들은 울제국 치하의 다른 백성들과 자신들을 다른 민족인 것처럼 구별하는 일마저도 서슴지 않았다.

그들에 비해서 상대적으로 대단한 우월감을 품고 있기 때문이다.

그로 인해서 좋지 않은 민심이 나타나기 시작했다. 자신들을 천신민이라고 여기는 천신국의 백성들이 이제는 더 이상 울제국으로부터 중원천하를 되찾지 않아도 좋다고 생각하게 되었다는 사실이다.

천신국은 이 땅을 지배했던 그 어떤 왕조 시절보다도 최고조의 태평성대를 구가하고 있는 중이다.

천검신문은 나날이 강성해져서 밖으로는 울제국과의 크고 작은 싸움에서 추호도 밀리지 않게 되었다.

또한 안으로는 백성들로부터 최소한의 세금만을 거두는 등 민생에 총력을 기울인 결과 전무후무한 복지국가로 만들었다.

 그렇기 때문에 백성들, 즉 천신민들은 지금 이 상태가 영원히 지속되기를 원하게 된 것이다.

 그래서 백성들은 하루속히 천검신문 태문주가 천신국의 개국(開國)을 선포하고 황위(皇位)에 올라주기만을 간절하게 바라고 있었다.

 그렇게 되면 과거의 대명제국과는 자연스럽게 단절하게 되는 것이다.

 그러므로 울제국으로부터 중원천하를 회복하려고 애쓸 필요도 없는 것이다.

 천신민들이 그렇게 바라게 된 데에는 그들만의 이기심이 작용했기 때문만은 아니다.

 오로지 천검신문을 믿고 따르며, 태문주를 태양처럼 존경하고 숭상하기 때문에, 그를 그에 걸맞은 최고의 반열에 앉히려는 것이다.

 명나라 제칠대 황제인 대종(代宗) 효경황제(孝景皇帝) 주기옥(朱祁鈺)에게는 세 명의 아들이 있었다.

 첫째인 태자와 둘째 황자는 자금성에서 생활하고 있었는

데, 울제국의 볼모로 붙잡혀 있는 상태다.

　셋째 황자는 난리 중에 몇몇 충성스러운 황궁위사들에 의해서 자금성을 탈출하여 아무도 모르는 곳에 숨어 신분을 감춘 채 숨죽이고 살아왔다.

　그가 바로 주명옥(朱明鈺)이다.

　며칠 전에 주명옥이 지난 이 년여 동안 숨어 있던 곳에 일단의 신비인들이 찾아왔다.

　신비인들의 우두머리는 자신의 이름이 도기운이라는 것과 천검신문 태문주의 명령으로 주명옥을 모시러 왔다는 것을 정중하게 밝혔다.

　주명옥을 모시고 있던 다섯 명의 황궁위사는 노골적으로 적개심을 드러내면서 도기운과 신비인들을 죽이려고 도검을 겨누었다. 그들을 믿지 못한 것이다.

　하지만 주명옥은 황궁위사들을 꾸짖고는 순순히 도기운을 따라나섰다.

　그러면서 도기운에게 공손히 말했다.

　"나를 천신황제에게 데려다 주시오."

　남경성 북문 밖을 흐르는 장강 한복판에는 남경성의 두 배에 달하는 거대한 크기의 섬 팔괘주(八卦州)가 있다.

　천검신문은 그곳 팔괘주에 총력을 기울여서 궁성(宮城)을 짓기 시작한 지 불과 팔 개월 만에 완공을 했다.

그토록 거대한 궁성을 짓는 데 팔 개월밖에 소요되지 않은 것을 보면 천검신문이 얼마나 전력을 쏟아부었는지를 쉽사리 알 수 있었다.

궁성은 내성(內城)과 외성(外城)으로 나누어졌으며, 전체로 봤을 때 내성이 삼 할이고 외성이 칠 할 규모의 크기다. 외성이 더 클 수밖에 없는 데에는 그만한 이유가 있다.

외성에는 천검신문의 직속인 천검오군과 천검사무영대가 주둔하고 있으며, 그 가족들까지 생활을 하는 전각들이 있기 때문이다.

천검오군은 전체 휘하 고수의 수가 이십만에 이른다. 여태까지는 태극문의 세력이 제일 컸는데, 사도구련이 십만에 이르는 사도고수로 구성된 천중군으로 휘하에 들어오면서 세력 면으로는 제일 큰 군(軍)이 되었다.

기개세는 천검신문만이 아니라 천불지도, 대정고수, 마도고수 등 자신을 따르는 모든 사람들의 가족들을 다 불러들여서 함께 살도록 했다.

내성은 달리 천검신궁(天劍神宮)이라고 불린다.

그곳에는 태문주와 부인들, 가족들, 그리고 천인사 오십 명과 천검사영, 기개세를 제외한 오대명왕과 그 가족들이 거주하고 있었다.

불과 팔 개월이라는 지독하게 빠른 시일에 완성된 천검신궁과 외성이지만, 웅장한 규모와 빼어난 아름다움은 어디에 내놔도 손색이 없었다.

천검신궁의 접객용 빈궁(賓宮)에 지금 귀빈이 도착했다.
바로 도기운과 함께 온 전 대명 효경황제의 셋째 아들, 즉 삼황자(三皇子)인 주명옥이다.
도기운은 주명옥을 크고 화려한 태사의에 앉히려고 했으나 그는 끝내 사양하고 평범한 보통 의자에 앉았다.
도기운이 방을 나간 후에도 주명옥은 꼿꼿하게 단정한 자세를 흐트러뜨리지 않았다.
그의 뒤에는 자금성에서 그를 탈출시키고 이후 이 년여 동안 그림자처럼 지켜온 다섯 명의 황궁위사가 긴장된 표정으로 서 있었다.
황궁위사들이 처음에 주명옥을 데리러 온 도기운과 수하들을 적대시했던 이유는 그들이 가짜라고 오해했기 때문이다.
천검신문 태문주가 주명옥을 데려오라고 할 이유가 없다고 생각했던 것이다.
주명옥과 황궁위사들이 아무도 모르는 장소에서 신분을 감추고 꼭꼭 숨어 살았어도 천검신문의 활약에 대한 소문은 귀가 따가울 정도로 들었었다.

천검신문의 활약은 주명옥을 대리 만족시키기에 충분했다. 그는 천검신문이 잘되고 못 되는 것에 따라서 일희일비하며 숨어 있는 내내 유일한 희망으로 삼았다.

그러면서 한편으로는 천검신문이 자신을 불러줄지도 모른다는 한 가닥 기대를 버리지 않았다.

과거 이천삼백여 년 동안 천검신문은 여덟 차례에 걸쳐서 이 땅에 세워진 나라들을 구했었다.

그랬던 것처럼 이번에도 천검신문이 대륙에서 울제국을 몰아내고 다시 대명제국을 바로 세워줄 것을 주명옥은 간절히 희망했다.

하지만 주명옥은 자신이 삼황자이기 때문에 천검신문이 자신을 데려갈 리는 없다고 생각했다.

천검신문이 원하는 사람은 자금성에 감금되어 있는 큰형인 태자라고 생각한 것이다.

그런데 뜻밖에도 천검신문이 주명옥을 찾아냈으며 이곳 천신국의 도읍인 남경성으로 데려왔다.

현재 주명옥의 솔직한 심정은 천검신문에게 별달리 크게 바라는 것이 없었다.

그저 가슴을 졸이면서 숨어 살지 않게만 해준다면 그것으로 만족한다.

한 가지 더 바람이 있다면, 천검신문이 울제국을 내쫓고 이 땅에 대명제국을 다시 세워주는 것이다.

황제는 누가 되든 상관이 없다. 아니, 당연히 큰형인 태자가 될 것이다.

그렇지만 주명옥의 바람은 쉽사리 이루어지지 않을 가능성이 높았다.

이곳 천신국의 백성들이 천검신문의 태문주가 천신황제에 등극하여 천신국의 개국을 만천하에 선포하기를 갈망하고 있다는 사실을 잘 알고 있었기 때문이다.

척!

그때 방문이 열리고 천검사영의 한 명이며 우무영대 대주인 도격이 들어섰다. 그는 문을 활짝 열고 주명옥에게 정중히 말했다.

"천검신문 태문주이십니다."

그 말에 주명옥은 자리에서 벌떡 일어났다.

그때 열린 문으로 기개세가 천천히 걸어 들어왔고, 그 뒤를 나운상과 진운상, 손진이 따랐다.

천검신궁에 와서 달라진 여러 가지 중에 하나라면, 천검사영과 오대명왕이 함께 기개세와 부인들을 호위하게 되었다는 사실이다. 오늘은 이들 네 명의 순번이다.

기개세의 모습은 일 년 전보다 훨씬 더 헌앙해졌다. 이제 이십이 세가 된 그는 뭐라고 말로는 설명할 수 없는 위엄과 풍채를 갖춘 모습이다.

그는 담담한 표정으로 주명옥을 보면서 천천히 걸어와 두 걸음 앞에 멈췄다.

주명옥은 기개세를 바라보는 것만으로도 가슴이 떨리고 저절로 압도되어 얼굴이 화끈거리고 가슴이 미친 듯이 두방망이질 쳤다.

그는 황급히 포권을 하면서 깊숙이 허리를 굽혔다.

"주명옥이 태문주를 뵈옵니다."

가늘게 떨리고는 있지만 공손한 목소리다.

그의 뒤에 선 다섯 명의 황궁위사는 더 깊숙이 허리를 굽혀 예를 취했다.

이 한 동작으로 대명황실이 평소에 천검신문 태문주를 어떻게 여기고 있는지 여실하게 드러났다.

비록 주명옥이 나라를 잃고 숨어서 살고 있는 비참한 몸이지만 아무에게나 고개를 숙일 인물이 아니다.

"기개세라 하오."

기개세는 포권을 하고 가볍게 고개를 숙여 보였다.

그는 천검신문이 대명황실보다 위에 있든지 아니든지 그런 것에는 조금도 흥미가 없다. 그저 이 정도의 예가 적당하다고 생각할 뿐이다.

도격과 나운상, 진운상, 손진은 그 광경을 보면서 가슴속이 묘하게 격탕되는 것을 느꼈다.

대명의 황실마저도 천검신문보다 아래에 있다는 사실을 눈으로 보면서도 잘 믿어지지 않았다.

그와 동시에 자신들이 천검신문 사람이라는 사실이 너무도 자랑스러웠다.

그들 네 명은 주명옥에게 예를 취하지 않았다. 이곳에 오기 전에 도기운이 일러준 말이 있다.

천검신문 사람은 오직 한 사람 태문주에게만 예를 취해야 한다고 말이다.

"그만 예를 거두시오."

기개세는 주명옥과 황궁위사들이 여전히 허리를 굽히고 있는 것을 보고 빙그레 미소 지었다.

그러자 그가 아무런 동작을 취하지 않았는데도 주명옥과 다섯 황궁위사의 허리가 저절로 펴졌다.

"앉읍시다."

기개세가 근처의 탁자를 가리키면서 먼저 그쪽으로 걸어가자 주명옥이 조심스럽게 따랐다.

시녀가 들어와서 마주 앉은 두 사람 앞에 향기롭고 따뜻한 차를 공손히 놓고 나간 뒤에 기개세가 입을 열었다.

"그동안 고생이 많았소. 앞으로는 내가 그대를 보살필 테니 아무 염려 하지 마시오."

울컥!

주명옥의 선한 두 눈에 금세 눈물이 가득 고였다.

그는 올해 십구 세의 나이다. 보통의 키와 체구에 아직 소년의 티를 벗지 못한 여린 모습이다.

지난 이 년여 동안 모진 고생을 했음에도 타고난 고귀한 외모와 품성을 아직도 뚜렷이 간직하고 있다.

"태문주······."

이 년여 전에 나라를 잃으면서 가족들과 생이별한 후 고생이 막심했던 주명옥은 기개세의 따뜻한 말에 감동하여 기어코 눈물을 흘리고 말았다.

주명옥 뒤에 늘어서 있는 다섯 명의 황궁위사도 눈시울이 붉어져서 고개를 숙였다.

기개세는 주명옥의 격한 감정이 가라앉을 때까지 잠시 기다렸다가 말을 이었다.

"나는 이곳에서 개국을 할 생각이오."

그는 이리저리 말을 돌리지 않고 단도직입적으로 본론부터 꺼냈다.

주명옥은 놀라지 않았다. 이곳에 천신국이 개국할 것이라는 사실은 이미 충분히 예상하고 있었던 일이다.

그는 그저 기개세가 숨어서 살고 있는 자신을 받아준 것만으로도 고마울 따름이다.

"국호는 명(明)이오."

"……."

기개세의 느닷없는 말에 주명옥은 눈을 동그랗게 뜨고 그를 바라보았다.

그는 필경 자신이 잘못 들었을 것이라고 생각했다. 그뿐만이 아니라 황궁위사들도 어리둥절한 표정으로 기개세를 쳐다보았다.

기개세는 예의 엷은 미소를 지어 주명옥으로 하여금 편안한 마음을 갖게 하면서 말을 이었다.

"나는 조만간 이 땅에서 울제국을 몰아내고 명나라를 다시 세울 계획이오."

"아……."

주명옥의 얼굴에 기쁨과 감동의 파도가 휘몰아쳤다.

그러나 그것은 오래가지 않았다. 그는 곧 담담한 표정으로 말문을 열었다.

"고마운 말씀이십니다만 그러지 마십시오."

그의 말에 황궁위사들도, 도격이나 진운상들도 모두 놀랐으나 기개세는 그럴 줄 알았다는 듯한 표정이다.

기개세는 나름대로 삼황자 주명옥의 사람됨에 대해서 자세히 알아보았다.

그에 의하면 주명옥은 학식이 높고 덕망이 있으며, 천성이 순후하고 자비롭다는 것이다.

삼 형제 중에서 비록 나이는 제일 어리지만 두 명의 형보다 모든 면에서 월등히 뛰어난 인품을 지녔다.

그래서 기개세는 주명옥을 선택한 것이다. 만약 태자나 이 황자가 더 뛰어나다는 결과가 나왔으면 자금성에 잠입해서라도 그들을 이곳으로 데려왔을 것이다.

기개세는 방금 주명옥이 한 말도 그의 인품의 연장선상에서 나온 것이라고 생각했다.

주명옥은 기개세에게서 시선을 떼지 않은 채 단정한 자세를 더욱 가다듬고 나서 말을 이었다.

"이곳 천신국의 백성들은 그 어떤 시절보다 평화롭고 행복한 삶을 살고 있습니다. 그들은 태문주께서 천신국의 황위에 오르셔서 태평성대를 세세연년토록 이어주기를 갈망합니다. 부디 백성들의 뜻을 저버리지 마시옵소서."

한마디 한마디가 진심에서 우러나오는 말이라는 것을 기개세는 알 수 있었다.

"불가(不可)하오."

그러나 그는 단호하게 잘랐다.

주명옥의 얼굴에 의아함이 스쳤다.

"어째서 불가합니까? 만약 전쟁이 일어난다면 천신국의 백성들은 평화와 행복을 잃을 것입니다. 그래도 괜찮다는 말씀이십니까?"

"이곳의 백성은 중원천하 전체의 일 할에도 미치지 못하오. 이들이 누리고 있는 평화와 행복은 중원천하 전체 백성을 담보로 하고 있는 것이오."

"담보······."

주명옥은 먹구름처럼 흐렸던 머릿속이 순식간에 깨끗이 씻어지는 듯한 느낌이 들었다.

그렇다. 담보다. 중원천하에 흩어져서 살고 있는 전체 백성의 구 할 이상이 울제국 치하에서 신음을 하고 있다는 담보 하에 이곳 천신국의 백성들은 평화와 행복을 구가할 수 있었던 것이다.

만약 천신국이 대륙의 절반을 차지한 상황이거나, 혹은 지금의 상황에 안주하지 않고 세력을 더 넓히려고 든다면 울제국은 결코 좌시하지 않을 것이다.

천신국이 대륙의 절반을 차지했다면, 절반에 달하는 백성들이 평화와 행복을 누렸을 테고, 대륙 전체를 차지했다면 전체 백성들이 그것을 향유했을 터이다.

또한 그랬다면 울제국은 천신국을 상대로 사생결단의 전쟁을 벌였을 것이다.

천신국이 남경성을 중심으로 대륙의 한 귀퉁이를 차지한

상태이기에 울제국은 천신국이 눈엣가시 같은 존재더라도 그나마 참을 수 있었다.

그러므로 결국 찬신국의 태평성대는 중원천하 전체 구 할 이상 백성들이 함께 누려야 할 태평성대를 담보로 하고 있다는 말이 옳다. 그것이 정답이다.

주명옥은 기개세의 표정에서 무엇인가를 발견하고 조심스럽게 물었다.

"불가한 이유가 더 있습니까?"

기개세는 가볍게 고개를 끄덕였다.

"나는 인간 세상에 안주할 수 없는 몸이오. 언젠가는 내가 왔던 곳으로 귀환해야 하오."

그 말에 모두 해연히 놀라움을 금치 못했다.

천검신문 태문주는 인간이 아닌 천신족이라고 알려져 있다.

천신족은 인간의 몸, 즉 육체(肉體)가 아닌 영의 몸인 영체(靈體)를 갖고 있다고 한다.

그래서 무림이나 천하에 환난이 닥치면 영체를 벗고 인간의 육체를 빌어서 강림하여 세상을 구한다는 것이다.

그 말은 곧 세상의 환난을 구하고 나면 인간의 육체를 버리고 천신족의 영체를 되찾아서 왔던 곳, 즉 하늘로 돌아간다는 뜻이다.

주명옥과 황궁위사들은 천검신문 태문주가 천신족이라고 는 알고 있었지만 그 사실을 새삼스럽게 듣게 되어 놀라움을 금치 못한 것이다.

반면에 도격과 나운상, 진운상, 손진은 기개세가 언젠가는 자신들 곁을 떠날 것이라는 사실 때문에 가슴이 떨어져 나갈 듯이 아팠다.

원래 기개세는 고귀하고 위엄있는 모습이었으나, 그 말을 들은 중인은 그가 한층 신비하고 위대하게 보였다.

"그대는 내가 중원천하를 이대로 내버려 둔 채 떠났으면 좋겠다고 생각하는 것이오?"

정녕코 그것은 아니다. 태문주가 없으면 천신국은 곧 울제 국에게 짓밟혀서 붕괴되고 말 것이다. 그럼 태평성대도 함께 사라진다.

"이곳의 태평성대는 찻잔 속의 고요일 뿐이오. 찻잔 밖은 태풍이 몰아치고 있소."

주명옥은 기개세의 구구절절 옳은 말에 한마디도 반론을 제기할 수가 없었다.

기개세는 거두절미하고 자르듯이 말했다.

"나는 그대 주명옥을 이곳 대명국(大明國)의 황제로 삼을 생각이오."

"네?"

기개세는 주명옥이 놀랄 틈을 주지 않았다.

"이후 이 땅에서 울제국을 몰아내고 나면 그대는 정식으로 황위에 오르도록 하시오."

"태… 문주……."

주명옥은 기개세의 말이 권고가 아니라 명령이라는 사실을 깨달았다.

그는 기개세가 너무도 거대하게 보였다. 반면에 자신은 점점 작아져서 좁쌀보다 더 작아지는 듯했다.

'아아…….'

눈이 부신 듯 기개세를 바라보는 주명옥의 뇌리에 어떤 글귀가 떠올랐다.

一夫當關萬夫莫關
한 사나이가 관문을 지키니 만인도 어쩌지 못한다.

第百二十三章

민들레

대사부

그곳의 어느 웅장한 규모의 삼 층 전각 앞 돌계단 위에 주명옥과 도기운이 서 있고, 그 뒤에는 예의 다섯 명의 황궁위사가 나란히 서 있다.

돌계단 아래 드넓은 연무장에는 빈틈이라고는 찾아보기 어려울 정도로 수많은 군사들이 질서있게 열을 맞추어서 도열해 있는 일대장관이 펼쳐져 있었다. 군사들의 수는 족히 십만은 될 듯했다.

"아……."

그들을 굽어보는 주명옥의 입에서 자신도 모르게 나직한 탄성이 새어 나왔다.

주명옥은 도열해 있는 군사들의 얼굴은 본 적이 없지만, 그들이 입고 있는 복장을 보고 이 많은 군사들이 누구라는 것을 한눈에 알아보았다.

번쩍이는 금빛 갑옷과 칠흑 같은 검은 갑옷, 눈처럼 흰 백색 갑옷, 하늘빛처럼 청명한 청색 갑옷을 입은 군사들.

그들의 맨 앞에 선 기수들이 들고 있는 펄럭이는 깃발에는 각기 '황(皇)'이나 '대명(大明)', '금군(禁軍)', '위(衛)'라는 글자가 뚜렷이 적혀 있었다.

그들은 다름 아닌 대명제국의 군사들인 것이다.

그들을 본 주명옥이 감격에 겨워하는 것은 결코 이상한 일이 아니다.

주명옥은 두 눈이 휘둥그렇게 떠졌다.

도기운이 그를 안내한 곳은 천검신궁이 있는 팔패주와 샛강 하나를 사이에 두고 맞붙어 있다시피 한 칠리주(七里州)라는 거대한 섬이었다.

그곳은 팔패주의 절반 크기인데 거대한 규모의 대전각군이 위치해 있으며 대무군전(大武軍殿)이라고 불리는 곳이다.

크고 작은 전각의 수가 무려 삼백여 채에 달했고, 곳곳에 연무장과 인공 가산, 인공 연못 등이 산재해 있었다.

그때 도기운이 군사들에게 시선을 준 채 나직한 어조로 입을 열었다.

"삼황사벌이 강제로 해산시킨 대명제국의 군사들이 지난 일 년여 동안 천하각지에서 끊임없이 모여들었소. 그 수는 삼십만에 달하오. 그리고 일 년 동안 새로운 군사들을 뽑았는데 이십만이오."

도합 오십만 대군이다. 과거 대명제국이 보유했던 백이십만 대군에는 미치지 못하는 수다.

하지만 천신국이 무려 오십만 대군을 보유하고 있다는 사실은 전혀 예상 밖이었다.

"현재 이곳에 있는 군사는 십만이오. 나머지 사십만은 접경 지역 곳곳을 지키고 있소."

오십만 대군이 그냥 모여들지는 않았을 것이다. 그들은 오로지 한 사람을 보고 모여들어 그에게 목숨을 내맡겼다.

그 사람이 바로 천검신문 태문주 기개세다.

도기운이 군사들을 굽어보며 웅혼하게 입을 열었다.

"여기에 계신 분은 대명의 새로운 황제가 되실 삼황자 주명옥이시다!"

십만 군사들은 빛나는 눈으로 주명옥을 주시했다. 그들의 만면에서는 의기와 투혼이 넘치고 있었다.

"너희는 이제부터 황제를 위해서 목숨을 바쳐야 하고, 황제의 명령에 따라야 한다!"

 주명옥은 가슴이 부풀다 못해서 터질 것만 같았다.

 '아아… 이것이 정녕 꿈인가……'

 부옇게 차오른 눈물 너머로 군사들의 모습이 가물거리고, 도기운의 웅혼한 외침이 고막을 두드린다.

 "군례(軍禮)를 올리라!"

 그러자 십만 군사는 일제히 한쪽 무릎을 꿇고 고개를 깊이 숙이면서 외쳤다.

 "황제 폐하! 만세! 만세! 만만세!"

 땅과 전각이 들썩거리고 하늘이 부르르 진동하는 굉렬한 외침이다.

 "한 말씀 하시오."

 도기운이 주명옥에세 조용히 말하고 나서 두 걸음 뒤로 물러났다.

 혼자 십만 군사와 마주하고 선 주명옥은 벅찬 감격을 이기지 못하고 주르르 눈물을 흘렸다.

 그리고 그는 흘러서 입으로 들어오는 눈물을 삼키며 떨리는 목소리를 토해냈다.

 "제군들… 고맙다. 크흐흑……!"

 그 말만을 하고 끝내 그는 울음을 터뜨리고 말았다.

 뒤에 선 다섯 명의 황궁위사도 부끄러운 줄 모르고 주먹으로 눈물을 닦으며 엉엉 소리 내어 울었다.
 그리고 도열한 십만 군사들도 어깨를 들먹이며 나직이 흐느껴 울었다.

 원앙루(鴛鴦樓)는 천검신궁의 남쪽에 위치해 있다.
 천검신궁 안으로는 세 개의 샛강이 흘러들어 왔다가 동쪽으로 빠져나간다.
 그 강들은 천검신궁 안 곳곳에 도합 열아홉 개의 크고 작은 인공 호수를 만들고 서로 이리저리 연결되었다가 장강으로 흘러든다.
 원앙루는 그중 가장 큰 인공 호수인 태청호(太淸湖) 한복판에 누각 형태로 세워져 있으며 총 칠 층이다.
 맨 위층이 기개세의 거처고, 그 아래가 아미, 소옥군, 나운상, 소랑, 독고비의 순서다. 그리고 일층은 모두의 휴식 공간이나 접객실로 사용하고 있다.
 각 층은 매우 크다. 주방과 침실 거실, 편좌방 등의 방이 칠팔 개나 된다.
 그렇지만 원앙루에 기거하는 다섯 여자는 자신들의 거처에 있는 경우가 극히 드물었다.
 모두들 기개세의 거처인 칠층에 모여서 서로 부대끼며 생활을 하기 때문이다.

민들레 263

기개세가 있을 때나 없을 때나 모두들 원앙루 칠층에서 하루 종일 보내고는 잠도 함께 잤다.

예외인 사람들이 있는데, 그들은 기개세와 네 여자의 가족들이었다.

기개세는 천라대에게 명령해서 아미를 제외한 네 여자의 가족들을 모두 이곳으로 데려오게 해서 원앙루 가까이에 있는 화평전(和平殿)에서 기거하도록 했다.

그곳은 각종 방이 백여 개 이상이나 되기 때문에 기개세와 네 여자의 가족들이 함께 생활하는 데에는 조금도 불편함이 없었다.

소옥군의 모친인 소효령, 기개세의 부모와 조부, 나운상의 부모, 소랑의 부모, 그리고 독고비의 부모도 모두 모셔와서 마치 오래전부터 겨레붙이였던 것처럼 한솥밥을 먹으면서 친하게 생활했다.

가족들은 해가 뜨면 원앙루 칠층으로 한꺼번에 몰려왔다가 해가 지면 아쉬운 마음으로 화평전으로 돌아가는 일을 매일 반복하고 있었다.

가족들이 그러는 데에는 이유가 있었다. 그들을 하나로 묶어주는 매개체가 있었기 때문이다.

사실은 아미와 소옥군, 나운상, 소랑, 독고비가 일 년쯤 전 거의 비슷한 시기에 임신을 하더니 신기하게도 한날한시에 다섯 아이를 낳았던 것이다.

그런데 더 희한한 것은 독고비의 아이만 아들이고 다른 네 여자의 아이들은 모두 딸이라는 사실이었다.

다섯 아이 모두 눈부시게 예쁘고 귀여웠다. 그래서 가족들은 날만 밝으면 아이들을 보고 또 같이 놀아주기 위해서 원앙루 칠층으로 몰려드는 것이다.

그런데 또 하나 신기한 일이 있었다. 다섯 아이들은 태어난 순간부터 지금까지 한 번도 울지 않았다는 사실이다.

아이들은 기개세나 다섯 여자, 그리고 가족들에게 안기면 방글방글 잘도 웃는다.

그래서 사람들이 더 좋아한다. 아니, 너무 예뻐서 껴안고는 어쩔 줄을 몰라 한다.

기개세는 아이들이 태어난 후에는 웬만한 일로는 바깥에 나가지 않고 하루 종일 아이들 곁에서 보냈다. 자신의 피붙이들과 지내는 일에 푹 빠져 있는 것이다.

그는 자신의 아이들을 낳아준 다섯 여자를 예전보다 더 예뻐하고 사랑하게 되었다.

그리고 다섯 여자는 인생 최고의 행복한 나날을 보내고 있는 중이었다.

천신국이 떠들썩해졌다.

사흘 후에 이곳 천신국을 대명국으로 개국하고, 또 삼황자 주명옥을 황제에 옹립(擁立)한다는 포고령이 곳곳에 나붙었기 때문이다.

지난 일 년여 동안 이곳에 사는 모든 계층의 사람들은 신분이나 남녀노소를 막론하고 이곳을 천신국이라 부르고 또 자신들을 천신민이라 여기면서 무한한 자부심을 품고 살아왔었다.

그리고 그들 모두의 소원은 천검신문 태문주, 즉 천신황제를 천신국의 황제로 옹립하는 것이었다.

그런데 포고령이 나붙으면서 모두의 소원이 하루아침에 산산조각 나고 말았다.

천신황제를 황제로 옹립하는 것은 고사하고 천신국마저도 사라져 버릴 판국에 놓여 버렸다.

포고령이 각처에 나붙은 후 민심이 뒤숭숭해졌다. 사람들은 일손을 놓고 삼삼오오 모여 앉아 현 시국에 대해서 목소리를 높였다.

결국 백성들은 포고령의 내용을 절대로 받아들일 수가 없다는 결론을 내리기에 이르렀다.

백성들은 거리로 쏟아져 나왔다. 그리고는 꼬리를 물고 천검신궁으로 향했다.

포고령이 거리에 나붙은 다음날, 천검신궁 외성 앞 드넓은 광장에는 셀 수도 없을 정도로 많은 사람들이 구름처럼 가득 모여들었다.

그런데도 광장으로 모여드는 사람들의 발길은 거기에서 그치지 않고 계속 이어졌다.

남경성뿐만 아니라 인근에 사는 사람들이 모두 운집하고 있는 것 같았다.

그들은 외성 성문 밖 광장에서 한목소리로 외쳤다.

그것은 '천신황제 옹립'이었다.

주명옥은 이틀 후에 있을 즉위식에서 입을 용포(龍袍)를 입어보고 있는 중이었다.

즉위식 날에 입으면 될 것을 무에 그전에 입어봐야 하는 것인지, 그는 매우 마뜩찮았으나 혹시 용포에 결함이 있을지 모르니 한 번 입어보라는 시녀의 간곡한 부탁을 물리치지는 못했다.

그가 은둔해 있던 곳에서 이곳 남경성에 온 지는 나흘이 지났고, 기개세를 만난 지는 사흘, 포고령이 거리에 나붙은 것은 어제의 일이다.

지난 나흘 동안 그는 꿈을 꾸는 듯한 나날을 보냈으나 지금은 더없이 불편하기만 했다.

그 이유는 외성 성문 밖에서 들려오는 마치 천둥소리 같은 백성들의 함성 때문이었다.

그들의 함성은 중구난방 떠들어대는 것이 아니라 한목소리라서 쉽게 알아들을 수 있었다.

'천신황제 옹립.'

백성들의 함성이 무엇을 뜻하고 있는지 주명옥은 너무도 잘 알고 있었다.

천신국의 백성들이 천신국을 대명국으로 개국하는 것과 주명옥을 황제로 옹립하는 것에 대해서 결사적으로 반대하고 있는 것이다.

주명옥은 황제가 되려고 아등바등하는 사람이 아니다. 아니, 오히려 황제가 되기보다는 아무런 지위도 없이 한료히 인생을 영위하기를 누구보다도 원하고 있었다.

갑자기 모든 것이 귀찮아졌다. 그리고 이곳에 온 것이 후회됐다.

이 년 동안 은거하고 있던 그곳은 비록 궁핍한 생활이었지만 마음만은 편안했었다.

그런데 반대로 이곳에서의 생활은 몸은 편하지만 마음이 너무도 불안하다.

그래서 주명옥은 몸보다 마음이 편해야 진정한 평화라는 사실을 이제야 절실하게 깨달았다.

그의 착잡한 심정하고는 상관없이 시녀들은 그가 입은 용포를 이리저리 보면서 어디가 잘못되지는 않았는지 점검을 하기에 여념이 없었다.

이틀 후면 백성들 앞에 이 용포를 입고 나서 즉위식을 올릴 것이다.

그러나 그것은 절대로 주명옥의 진심이 아니다. 천검신문 태문주의 강권에 못 이겨서 마지못해서 황제의 위에 오르려는 것이다.

그런데 백성들이 반대를 하고 있다. 주명옥도 자신이 황제가 되는 것을 반대한다.

"그만하시오."

갑자기 그는 거칠게 시녀들을 뿌리치고는 신경질적으로 용포를 활활 벗었다.

시녀들이 깜짝 놀라서 주춤거리자 주명옥은 자신의 옷으로 갈아입고 성큼성큼 문으로 걸어갔다.

황궁위사들이 급히 그를 따르며 놀라서 물었다.

"전하, 어딜 가십니까?"

"태문주를 만나야겠다."

주명옥은 이번만큼은 기개세에게 자신의 결심을 딱 부러지게 말하리라 다짐하면서 문을 나섰다.

그러나 기개세는 자신의 집무실인 천검신궁 내 천검각(天

劍閣)에 없었다.

주명옥은 천검각을 지키고 있던 유정의 안내를 받아 기개세가 갔다는 곳으로 향했다.

유정은 능숙한 걸음으로 천검신궁을 나와서 외성을 가로질러 걸어갔다.

외성으로 들어서니까 천검신궁에 있을 때보다 백성들의 함성이 더 크게 들렸다.

외성 곳곳에는 많은 천검신문 고수들이 지키고 있고 또 여러 무리의 고수들이 오가고 있었다.

그들은 유정을 발견하면 일제히 그 자리에서 멈추고 최고의 예를 취했다.

반면에 유정은 가볍게 고개를 끄덕이는 것으로 화답하고는 계속 걸어갔다.

주명옥은 문득 태문주에 대해서, 그리고 자신을 안내하고 있는 유정의 신분에 대해서 궁금해졌다.

그녀의 뒤를 따르던 그는 빠른 걸음으로 유정과 나란히 걸으며 입을 열었다.

"실례오만 낭자의 신분은 무엇이오?"

유정은 주명옥을 보면서 방그레 미소 지으며 망설임없이 대답했다.

"소녀는 팔대명왕 중에 보척명왕이에요."

주명옥은 이름만으로도 팔대명왕이 평범하지 않을 것이라고 짐작했다.

"팔대명왕은 어떤 역할을 하오?"

"주군의 최측근 호위예요."

"호오… 대단하군요. 그렇다면 태문주에 대해서 누구보다 잘 알고 있겠구려."

"호호호! 주군께서 천검신문의 정식 문주가 되시기 전에는 팔대명왕들은 서로 친구였어요."

"오! 그랬소?"

주명옥은 새로운 사실에 눈을 동그랗게 뜨면서 흥미롭다는 표정을 지었다.

"오래전에 주군을 비롯하여 여덟 명이 모여 대정숙에서 능소지라는 파벌을 만들었는데, 나중에 그들 모두가 팔대명왕이 됐지요."

주명옥은 해연히 놀라는 표정을 지었다.

"태문주께서 팔대명왕이시오?"

유정에게 듣는 내용 하나하나가 모두 새롭고 흥미로웠다.

"주군은 부동명왕이에요. 또한 소녀의 작은 오라버니이기도 해요."

"작은 오라버니……"

유정은 기개세가 있는 곳까지 주명옥과 나란히 걸어가면서 천검신문과 기개세, 그리고 천검신문이 걸어온 길과 조직 체계에 대해서 자세히 설명해 주었다.

"굉장하군요."

주명옥은 천검신문의 신비함과 방대함, 치밀한 조직 체계, 당면 과제, 고강함, 팔대명왕 중에서 두 명이 죽었다는 사실, 태문주의 신적인 능력과 지도력, 덕망 같은 것에 대한 설명을 듣고 놀라움을 금치 못했다.

그는 여태껏 천검신문에 대해서 많은 것을 알고 있지 못했었는데 유정의 설명을 듣고 안계를 넓혔다.

그런데 갑자기 어느 순간부터 유정이 말하는 소리가 거의 들리지 않았다.

그 대신 백성들의 함성 소리가 가까운 곳에서 뇌성벽력처럼 들려와서 고막이 터질 것만 같았다.

주명옥은 얼굴을 찡그리고 두 손으로 귀를 막으며 함성이 들려오는 곳을 쳐다보았다.

그의 앞에는 외성의 거대한 성문이 버티고 있었다. 그리고 함성은 성문 너머에서 들려오고 있었다. 성문 너머에 백성들이 운집해 있는 것이다.

유정이 성문 위로 이어진 돌계단을 오르는 것을 보고 주명옥은 주춤거리면서 뒤를 따랐다.

성문과 돌계단, 그리고 성문 위에는 천검신문 고수들이 삼엄하게 호위를 하고 있었으며 유정에게 공손히 허리를 굽힐 뿐 아무도 제지하지 않았다.

그때 함성 소리가 바뀌었다. 여태까지 소리치던 '천신황제 옹립'이 아니다.

"천신황제! 만만세! 만만세!"

천신황제, 즉 태문주를 연호하는 함성이다. 태문주가 백성들에게 모습을 보였기 때문이다.

그러더니 주명옥이 성문으로 다 올라갔을 때 함성이 한순간 뚝 그쳤다.

그리고는 그때부터 바늘이 떨어져도 들릴 듯이 고요한 정적이 찾아들었다.

마치 그 많던 백성들이 한꺼번에 어디론가 사라져 버린 듯한 기분이 들었다.

그러나 그보다는 주명옥의 시선을 사로잡는 것이 있었다.

그것은 바로 성문 위 단상에 등을 보인 채 우뚝 서 있는 기개세의 뒷모습이었다.

그리고 주명옥은 방금 전에 그가 백성들의 함성을 한순간에 침묵하게 만들었다는 사실을 깨달았다.

기개세의 뒤 양쪽에는 유정이 설명했던 천검사영과 팔대

명왕 두 명씩이 철탑처럼 서 있는 것이 보였다.

주명옥은 시선을 기개세 너머로 던졌다. 그곳 성문 아래에 끝이 보이지 않을 정도로 많은 백성들이 구름처럼 운집해 있는 광경이 보였다.

그는 태어나서 이렇게 많은 사람이 모여 있는 것을 한 번도 본 적이 없었다.

지난번에 칠리주의 대무군전에서 십만 군사를 보고는 굉장하다는 생각이 들었으나, 지금 주명옥이 보고 있는 광경에 비하면 조족지혈이었다.

그래서 그는 함성을 들었을 때보다 더 위축되고 말았다. 귀로 듣는 것보다는 눈으로 직접 보는 것이 더 현실적이기 때문이었다.

그때 기개세가 말문을 열었다.

"민들레는 화단을 고집하지 않소. 어디에서든 뿌리를 내리고 꽃을 피우면 그곳이 바로 화단이오."

뜬금없는 말이다. 다짜고짜 민들레라니, 그러나 민들레는 백성이고 화단은 국가다.

주명옥은 가슴에 쿵! 하고 뭔가 묵직한 것이 부딪치는 느낌을 받았다.

기개세의 말이 이어졌다.

"그대들은 민들레고 들판에 자라는 풀이오. 그리고 울제국은 바람이오. 바람이 불면 민들레와 풀은 꺾이지 않고 몸을 숙이는 것뿐이오. 그렇지만 바람이 지나가면 민들레와 풀들은 다시 일어나오."

기개세의 비유는 주명옥의 가슴에 반짝이는 별들이 되어 부딪치면서 빛났다.

주명옥뿐만이 아니다. 기개세의 말은 수천만 개의 별이 되어 별빛을 뿌리면서 백성들의 가슴으로 쏟아졌다.

백성들은 우매하지 않다. 기개세의 말뜻을 다 알아듣고 눈을 초롱초롱 빛내며 그를 바라보았다.

기개세의 목소리는 산들바람처럼 조용했으나 모두의 귀에 똑똑히 들렸다.

"나는 인간의 환란을 구할 수는 있으나 다스리지는 않소. 모든 일이 끝나면 나는 고향으로 돌아가야 하오."

주명옥은, 그리고 백성들은 기개세가 가리키는 곳을 일제히 쳐다보았다.

그가 가리키는 곳은 하늘이었다. 하늘에는 무서리처럼 새하얗게 하늘을 뒤덮은 은하수가 신비한 아름다움으로 빛나고 있었다. 그곳은 그의 고향이다.

백성들의 얼굴에 놀라움과 안타까움이 잔물결처럼 일렁거리며 퍼져갔다.

그리고 모두들 잠시 잊고 있었던 사실, 즉 천검신문 태문주가 인간의 몸을 빌려서 강림한 천신족이라는 사실을 새삼스럽게 깨달았다.

"이제 나는 그대들에게 썩 괜찮은 젊은 민들레를 소개하려고 하오."

썩 괜찮은 민들레라고 해도 백성들하고 같은 민들레다.

"그 민들레도 화단을 고집하지 않고 바람이 불면 수그렸다가 바람이 지나가면 다시 일어나오."

기개세는 천천히 몸을 돌려 빙그레 미소를 지으면서 주명옥을 쳐다보며 팔을 뻗어 그를 불렀다.

"이리 오시오."

그러나 주명옥은 몸이 장작처럼 뻣뻣해져서 그 자리에서 한 발자국도 움직일 수가 없었다. 이제부터 벌어질 일을 생각하니까 오금이 저렸다.

그때 옆에 서 있는 유정이 주명옥에게 나직이 속삭였다.

"당신은 민들레예요."

"민들레······."

누가 돌보지 않아도, 가꾸지 않아도, 거름을 주지 않아도, 그리고 짓밟아도 끈질긴 생명력으로 자라나서 예쁜 꽃을 피우는 민들레.

백성들은 민들레다. 그리고 주명옥도 민들레다. 삼황자 같은 것이 아니라 그저 민들레인 것이다.

그런 생각을 하자 가슴속과 머릿속이 환하게 밝아지면서 주명옥은 주춤주춤 기개세에게 걸어갔다.

점점 걸음이 빨라지고 당당해졌다. 그리고는 단상으로 올라가 기개세 옆에 서서 가슴을 펴고 멈춰 섰다.

'나도 민들레다.'

그런 생각이 그를 강하게 만들었다.

기개세는 주명옥의 어깨에 팔을 두르고 백성들을 향해 나란히 서서 조용히 말문을 열었다.

"민들레는 민들레 위에 설 수가 없소. 민들레끼리는 같은 민들레일 뿐이니까 말이오."

그 말을 들으면서 주명옥은 앞으로 자신은 민들레처럼 살리라고 결심했다.

"나는 그대들이 이 민들레를 받아주기를 바라오."

기개세는 주명옥을 황제로서 받아달라고 말하지 않았다. 단지 민들레로서 받아달라고 했다.

성문 위에도, 성문 밖 드넓은 광장에도 깊은 바다 속 같은 정적이 흘렀다.

그리고 기개세는 더 이상 아무 말도 하지 않았다. 이제는 백성들이 말할 차례다.

그때 성문 아래 백성들 중에서 누군가 소리쳤다.

"그 민들레 이름이 뭡니까? 민들레라고 해도 이름 정도는 있지 않겠습니까?"

주명옥을 황제라고 생각한다면 할 수 없는 질문이다.

기개세가 가볍게 고개를 끄덕이자 주명옥은 백성들을 굽어보며 힘주어 대답했다.

"내 이름은 주명옥이오!"

앞에도, 뒤에도 삼황자 따위의 아무런 수식이 붙지 않는 그저 주명옥이다.

"몇 살입니까?"

이번에는 다른 곳에서 외쳤다.

"열아홉 살 먹었소!"

주명옥은 더 큰 소리로 대답했다.

"혼인은 했습니까?"

"아직 못했소!"

여기저기에서 질문이 마구 쏟아졌다. 궁금한 점이 많다는 것은 관심이 많다는 뜻이다.

백성들은 그가 누군지 잘 알고 있다. 알고 있으면서도 묻는다. 그러나 그가 삼황자였다면 아무런 관심도 보이지 않았을 것이다.

그가 자신들과 같은 민들레라고 하니까 닫혔던 마음을 조금씩 열고 있는 것이다.

주명옥 민들레는 수많은 민들레들의 질문에 하나하나 성

심껏 대답해 주었다.

 이윽고 막판에 이르렀을 때 누군가 핵심을 찌르는 질문을 던졌다.

 "당신은 어떻게 살고 싶습니까?"

 주명옥은 잠시 침묵을 지키다가 천천히 백성들을 한차례 둘러보고는 시선을 백성들의 중심에 고정시킨 후에 입을 열었다.

 "민들레처럼 살 것이오."

*   *   *

 천신국의 천검오군 이십만과 천검사무영대 사백 명, 천불지도의 백 명은 최정예 고수이다.

 그리고 구대문파의 이만 고수, 그리고 대정숙에 관계된 대정고수들 삼천여 명을 정예고수로 분류했다.

 그 외에 중원천하 각지에서 운집한 무림고수들이 무려 삼십만 명쯤에 이른다.

 그들은 천검신문을 도와 울제국을 치기 위해서 미력이나마 보태려고 천신국으로 모여들었다.

 천검신문은 그들 삼십만을 천검중원군(天劍中原軍)이라 칭하고 조직 편제를 했다.

천검중원군을 총 중원삼군(中原三軍)으로 나누고, 각 군을 중원의군(中原義軍), 중원협군(中原俠軍), 중원정군(中原正軍)이라고 이름 지었다.

 그리고 각 군 휘하에는 대, 중, 소의 전(殿)이 있으며, 전 아래에는 부(府)가 있고, 그 아래 당(堂)이 있는데, 각 부와 당들은 제일당, 제이당 등 숫자로 표기된다.

 천검중원군 삼십만은 때에 따라서는 울제국과의 싸움에 동원되기도 하지만 그래도 주임무는 천신국의 접경 지역을 방위하는 것이다.

 그렇기 때문에 천검중원군의 삼 군 중에 이 군은 각각 강소성 북쪽 지역과 동해안 전 지역, 그리고 절강성 항주 지역과 안휘성 접경 지역 등에 배치되었고, 나머지 일 군은 남경성 방어 임무를 맡고 있다.

 중원삼군의 중간 조직인 부는 천 명으로 구성되었으며 각 군에 백 개의 부가 있고, 최하위 조직인 당은 백 명으로 이루어졌으며, 각 군에 천 개의 당을 두고 있다.

 또한 각 부마다 한 채의 장원을 보유하고 그곳에서 열 개 당이 생활을 하고 있다.

 남경성과 주변 이백여 리 일대의 경호와 방어를 맡고 있는 것은 중원정군이다.

 중원정군이 보유한 백 개의 장원, 즉 정군부(正軍府)는 각 부가 맡고 있는 임무 지역에 산재해 있다.

중원정군의 우두머리는 대, 중, 소의 정군대전(正軍大殿) 총괄자인 정군대전주(正軍大殿主)다.

정군대전은 관할 지역의 중심지인 남경성 내 현무호(玄武湖) 호숫가에 위치해 있다.

또한 중원정군 내에서 남경성 방위를 맡고 있는 제일부, 즉 정군제일부(正軍第一府)의 장원은 남경성 번화가인 수서문(水西門) 근처에 위치해 있다.

정군제일부의 깊숙한 곳.

입구 위쪽에 정일부칠당(正一府七堂)이라는 현판이 붙은 전각이 있다.

이곳이 바로 중원정군 제일부 휘하 제칠당이 머물고 있다는 뜻이다.

"틀림없겠지?"

제칠당의 우두머리인 칠당주의 방에서 속삭이듯 작은 목소리가 흘러나왔다.

방 입구 양쪽에는 어깨에 검을 멘 두 명의 건장한 고수가 버티고 서 있으나 방 안에서 흘러나오는 말에는 조금도 신경을 쓰지 않았다.

"놈의 시중을 들고 있는 시녀 여화(麗花)가 갖고 온 정보니까 틀림없습니다."

 제칠당주의 아담한 실내의 구석자리 탁자에 두 사람이 마주 보고 앉아서 이마를 맞대다시피 한 자세로 속삭이고 있는 중이다.

 삼십대 중반의 나이에 구레나룻을 검게 길렀으며, 부리부리한 눈매에 강인한 턱을 지녔고, 훤칠한 체구에 단단한 가슴과 어깨를 지닌 인물이 바로 제칠당주다.

 그의 앞에 마주 앉은 인물은 삼십 세가량에 날카로운 눈, 얄팍한 입술에 뾰족한 턱을 지닌 족제비처럼 생긴 용모다. 그는 칠당주의 심복이며 제칠당 휘하 열 개의 조 중에서 제일조의 조장이다.

 "어떻게 할까요?"

 일조장이 반들반들한 눈으로 칠당주를 빤히 주시하면서 조심스럽게 물었다.

 칠당주는 진중한 표정으로 입을 굳게 다문 채 시선을 창밖으로 던졌다.

 그의 눈빛이 미미하게 흔들리는 것으로 미루어 갈등하고 있는 것이 분명했다.

 일조장이 얼굴을 칠당주 쪽으로 조금 더 바싹 들이밀면서 채근하듯 말했다.

 "주명옥의 황제 즉위식이 바로 내일입니다. 지금이 아니면 놈을 제거할 기회가 없습니다. 이 일을 성공하면 가주께서 큰 공을 세우게 되는 것입니다."

칠당주는 부리부리한 눈빛을 더욱 강렬하게 빛내면서 창밖에 시선을 고정시킨 채 중얼거렸다.

"하느냐 마느냐를 고민하는 것이 아니다. 주명옥을 죽일 것이냐 납치할 것이냐를 생각하는 중이다."

"당연히 죽여야지 무슨 말씀입니까? 그런 놈을 살려둬서 무엇 합니까?"

칠당주는 고개를 가로저었다.

"살려서 가주께 보내면 더 쓸모가 있을 것이다. 죽이는 것만이 능사가 아니다."

일조장은 일리가 있다는 듯 고개를 끄덕였다.

"듣고 보니까 그것도 좋은 방법이군요."

"가주께서 주명옥을 손에 넣으면 그놈을 미끼로 여러 가지 일을 도모할 수 있으실 게다."

성미 급한 일조장은 고개를 끄덕였다.

"그럼 납치로 결정된 겁니까?"

"그러자꾸나."

일조장의 입가에 드디어 흐릿한 미소가 번졌다.

"거사에 투입할 사람들을 선발해 두었습니다. 염려 마십시오. 반나절만 기다리시면 대검총수께 주명옥을 공손히 갖다 바치겠습니다."

일조장은 칠당주를 '대검총수'라고 불렀다. 그것은 그의 입에 밴 호칭이라서 잘 고쳐지지 않는다.

그래서 단둘이 있거나 사석에서는 곧잘 '대검총수'라는 호칭을 사용한다.

칠당주는 그것을 나무라지 않는다. 이곳 정군제일부 내의 열 개 당 중에서 절반 이상은 같은 뜻을 품고 있는 동료들이기 때문에 그다지 주의할 필요가 없다.

그런데 '대검총수'라는 호칭은 중원무림에서 오직 한 군데에서만 사용되던 것이다.

바로 무림오대세가 중 하나인 남궁세가의 지위를 가리키는 호칭이다.

과거 남궁세가의 구조는 분검대(分劍隊)와 중검대(中劍大), 대검대(大劍隊)로 되어 있었다.

분검대의 최고 우두머리는 분검총수(分劍總手)고, 중검대는 중검총수(中劍總手), 대검대는 대검총수다.

즉, 대검총수가 남궁세가의 모든 검대의 최고 우두머리라는 뜻이다.

그런데 칠당주가 방금 '대검총수'라고 불렀다. 그것은 그가 대검총수이기 때문에 가능한 일이다.

그렇다. 그는 과거 남궁세가 서열 오위의 쟁쟁한 인물이었던 대검총수가 분명하다.

 그는 이 년여 전에 남궁산과 함께 개봉성에서 패가수를 만났던 적이 있었다.

 그때 불시에 들이닥친 천검신문 태문주와 그의 일행에게 붙잡혀서 오랫동안 낙성검가 뇌옥에 감금되었었는데, 일 년여 전 낙양대전 극적으로 탈출에 성공했었다.

 그랬던 그가 천검신문 휘하 중원정군 소속이 되어 위장을 하고 있는 것이다.

 대검총수뿐만이 아니다. 이곳 정군제일부 내에는 육백여 명의 동료들이 웅크리고 있었는데, 그들은 과거 무림오대세가라고 불렸던 명문세가 중에서 모용세가를 제외한 사대세가의 고수들이다.

 "아니다. 내가 직접 가겠다."

 대검총수 양림(梁琳)은 고개를 흔들었다.

 "아닙니다. 대검총수께선 이곳에 계셔야 합니다."

 과거 남궁세가 시절에 대검총수 양림 휘하 세 개의 대검대 중에 이검대주(二劍隊主)를 맡았었던 지곤(至昆)이 고개를 강하게 흔들었다.

 "만약 일이 잘못될 경우에 대검총수께선 이 일에 연루되셔서는 안 됩니다. 대검총수께서 안 계시면 누가 이곳의 사결단(四結團)을 이끌겠습니까?"

"음!"

양림은 무거운 신음을 흘렸다. 지곤의 말이 옳다. 주명옥을 납치하는 일이 중요하긴 하지만, 이곳에서 무림사대세가의 잔존 세력으로 결성된 사결단을 총괄하고 이끄는 일은 더욱 중요하다.

"시녀 여화의 말에 의하면 주명옥을 호위하고 출발한 자들은 천휘군의 휘하 고수라고 합니다. 쭉정이 같은 놈들이니까 염려하지 마십시오."

천검오군 중에서 천휘군은 예전 낙성검가의 고수들이 주축이 되어 이루어졌다. 지곤은 낙성검가를 아주 우습게보고 있는 것이다.

"조심하고 만전을 기하라."

"알겠습니다. 다녀오겠습니다."

양림의 말에 지곤은 일어나서 깊숙이 허리를 굽힌 후에 빠른 걸음으로 방을 나섰다.

지곤이 나간 후 양림은 의자에서 일어나 뒷짐을 지고 방 안을 서성거렸다.

이따금 방문 쪽을 힐끔 쳐다보는 것으로 미루어 누군가를 기다리고 있는 듯했다. 기다린다는 것은 어느 누구에게나 지루한 법이다.

그가 다섯 번 째 방문을 쳐다볼 때 비로소 문이 열리고 한 사람이 들어섰다.

그 사람은 양림을 보자마자 문을 닫을 생각도 하지 못하고 그 자리에 납작하게 엎드려 부복했다.

"제자, 대검총수를 뵈옵니다."

엎드린 그의 등 뒤에서 방문 밖에서 호위를 서고 있는 고수가 문을 닫아주었다.

양림은 한달음에 달려가서 부복한 자를 일으켰다.

"온길(瑥吉), 일어나라. 우리끼리는 이럴 필요가 없다."

양림은 온길의 손을 잡고 이끌어 탁자에 앉히고 자신은 맞은편에 앉았다.

공손한 자세로 앉아 있는 온길을 응시하는 양림의 눈빛이 조금 전에 지곤을 바라볼 때보다 더욱 강렬하게 빛나고 있었다.

온길은 예전 남궁세가의 분검대 소속 검수였다. 말하자면 남궁세가에서 최하 지위였다.

천검신문 태문주는 천신국 내의 전 고수들이나 군사들에게 가족들을 데리고 와서 살 것을 권장했다.

무림사대세가가 결성한 사결단의 고수들도 더러는 가족을 데려와서 함께 사는 사람이 있는데 온길도 그에 속한다.

"어떻게 됐느냐?"

양림의 부드러운 물음에 온길은 용기를 내서 고개를 들어 그를 보면서 고개를 끄덕였다.
"겨우 마누라를 설득했습니다."
그 말에 양림의 얼굴이 환하게 밝아졌다.
"잘했다."
그는 내심으로는 몹시 긴장하고 있었으나 온길이 주눅 들까 봐 부드러운 얼굴을 가장하고 있었다.
"언제 결행하기로 했느냐?"
"오… 늘입니다."
"오늘?"
양림의 목소리가 자신도 모르게 커졌다.
온길은 자신이 뭘 잘못했다고 여겼는지 찔끔했다.
"오늘이면 안 됩니까……?"
양림은 환한 표정으로 손을 휘휘 저었다.
"아니다. 뜻밖이라서 놀란 것이다. 오늘이라면 더할 나위 없이 좋지. 암."
온길의 아내는 천검신궁에서 일하고 있다.
원래는 주방에서 일을 했었는데 성실함을 인정받아 주방 우두머리의 추천으로 태문주의 거처에서 다섯 아이의 유모 중 한 명으로 발탁되었다.
양림은 흥분으로 심장이 벌떡벌떡 뛰는 것을 간신히 억제하며 진중하게 말했다.

"하관(下關) 포구에 사람을 대기시켜 둘 테니까 물건은 그에게 넘기면 된다."

온길은 공손히 대답했다.

"마누라에게 이미 일러두었습니다."

"잘했다."

온길이 머뭇거렸다.

"저… 약속하신 것은……."

양림은 선선히 고개를 끄덕였다.

"하관 포구에서 대기하고 있는 수하에게 맡겨두었다. 너는 그곳에서 물건을 주고 수하에게 땅과 집문서를 받아 그 길로 곧장 남경성을 뜨기만 하면 된다."

남궁세가는 산동 제남성 인근의 전답을 수백만 평이나 소유하고 있는 제남제일부호다.

양림은 온길에게 어떤 은밀한 일 한 가지를 시키고 그 대가로 제남성 서쪽의 비옥한 전답 십만 평과 장원 한 채를 주기로 약속했었다.

그는 온길 부부를 속일 생각은 추호도 없다. 남궁세가를 떠나면서 땅문서와 집문서는 모두 챙겼기 때문에 이들 부부에게 전답 십만 평과 장원 한 채를 주는 것은 커다란 솥에서 죽 한 그릇 떠내는 것이나 다를 바가 없다.

"감사합니다, 대검총수님."

온길은 벌떡 일어나서 공손히 허리를 굽혔다. 그의 마음은 벌써 제남성으로 가 있었다.

그곳에서 마누라와 자식들과 함께 떵떵거리면서 부자로 살 생각을 하니까 벌써부터 입안에 침이 돌았다.

第百二十四章

애타는 모정(母情)

대사부

무림오대세가 중에 하나였던 모용세가는 이 년여 전에 삼황사벌의 앞잡이가 된 마도오세 중에 혈룡궁의 급습을 받아서 괴멸의 위기에 처한 적이 있었다.

그때 천검신문 태문주의 명령을 받은 옥마제와 혈마제, 적마제 등의 도움으로 위기에서 벗어난 적이 있었다.

그 일이 계기가 되어 모용세가의 소가주였던 모용군이 태문주의 부름을 받아서 낙양성 낙성검가로 직접 그를 방문했었다.

그때 이후 모용세가는 천검오군 중에 천휘군에 편입되어

지금까지 활약을 해오고 있는 중이다.

천휘군은 천검오군 중에서 규모 면에서나 세력 면에서 가장 약체다.

하지만 모용군과 모용세가의 고수들은 조금도 실망하지 않고 천휘군의 옛 낙성검가 출신 고수들과 어울려서 지금까지 혁혁한 전공을 세웠다.

천검오군의 각 군은 '단'과 '운'을 두고 있는 체계며, 천휘군은 이천 고수에 이단 삼십운을 거느리고 있는데, 모용군은 그중 제일단의 단주다.

그것은 천휘군주 바로 아래 지위로 모용군이 얼마나 신임을 받고 있는지 잘 보여주고 있다.

지금 모용군은 오랜만의 쉬는 날을 맞이하여 남경성으로 나왔다.

모용세가는 천휘군에 소속되어 있기 때문에 모용세가의 가족들은 천검신궁 외성에서 생활하고 있었다.

사천성 모용세가 시절보다 이곳에서의 생활이 더 풍족하고 행복하다고 입을 모으는 가족들이다.

모용군은 얼마 전에 혼인을 하여 현재 신혼 중인데, 오늘은 아내에게 줄 깜짝 선물을 사기 위해서 남경성에 나왔다.

그는 그리 바쁘지 않기 때문에 뒷짐을 지고 길가에 늘어서 있는 가게들을 기웃거리면서 한가롭게 걸었다.

그는 근무 중일 때는 정복을 입지만 근무 외에는 평범한 경장 차림에 단창(短槍) 한 자루를 어깨에 메고 다닌다.

천검신문이 들어온 이후 남경성은 예전보다 훨씬 더 사람들이 많아졌고 거리는 흥청거렸다.

그렇기 때문에 자칫 한눈을 팔다가는 오가는 행인들하고 부딪치기 십상이다.

툭!

마음에 드는 노리개를 발견한 모용군이 눈을 빛내면서 가게 쪽으로 다가가려고 할 때 마주 오던 누군가의 어깨와 조금 심하게 부딪쳤다.

"아! 미안하오."

누구의 실수라고 할 수 없는 일이다. 거리에서 부딪쳤으면 양쪽이 다 실수다. 그렇지만 모용군은 즉시 고개를 숙이며 사과했다.

그런데 상대는 입을 꾹 다문 채 날카로운 눈으로 모용군을 한차례 쏘아보고는 찬바람이 일 듯 그대로 가버렸다.

'저자는?'

모용군의 안색이 확 굳어졌다. 그는 방금 자신과 어깨를 부딪친 사람이 누군지 한눈에 알아보았다.

그의 기억이 틀리지 않다면 그자는 남궁세가 이대검주 지곤이 분명했다.

날카롭게 찢어진 눈에 얄팍한 입술, 뾰족한 턱을 가진 얼굴은 쉽사리 잊어지지 않는 법이다.

모용군이 굳은 얼굴로 쳐다보고 있는 사이에 지곤이라고 생각되는 자는 동료로 보이는 다섯 명과 합류하여 빠른 걸음으로 멀어지고 있었다.

'저자가 어떻게 여기에……'

아내의 노리개를 사는 것을 잊은 채 모용군은 내심 중얼거리다가 재빨리 그들의 뒤를 미행하기 시작했다.

인산인해를 이루고 있는 행인들 사이를 요리조리 피하면서 바삐 걸어가던 모용군이 걸음을 멈추었다.

'그사이에 사라지다니……'

주위를 아무리 둘러봐도 지곤과 그의 일행 모습이 어디에서도 보이지 않았다.

모용군은 잠시 그 자리에 우두커니 서서 주위를 둘러보면서 생각했다.

'이곳에서는 경공을 펼칠 수도 없는데 그렇게 빨리 사라졌다는 것은……?'

거기에 생각이 미친 그는 거리 가장자리에 죽 늘어선 점포들을 살펴보았다.

지곤 일행이 그곳 중 어딘가로 들어갔을 것이라고 짐작한 것이다.

그런데 그곳의 점포들은 대부분 주루들인데 십여 개가 처마를 맞대고 늘어서 있었다.

지곤을 찾으려면 주루들을 하나씩 차례차례 다 찾아봐야만 한다는 뜻이다.

하지만 모용군은 지곤을 찾는 일을 이대로 포기하고 싶지 않았다.

지곤은 세 개의 대검대 중에서 이대검주였다. 남궁세가 내에서 서열 십위 안에 드는 중요한 인물이라는 뜻이다.

남궁세가는 다른 무림사대세가를 삼황사벌에게 포섭시키려고 무진 공을 들였었다.

그 결과 모용세가를 제외한 섬서팽가와 제갈세가, 황보세가를 포섭하는데 성공했었다.

하지만 그 이후 모용군은 남궁세가를 비롯한 사대세가에 대한 소문을 일체 듣지 못했었다.

그런데 남궁세가의 이대검주 지곤이 남경성 번화가를 활보하고 있는 것을 목격한 것이다.

지곤이 괜히 이곳에 왔을 리가 없다. 필경 무슨 수작을 꾸미고 있는 것이 분명하다.

모용군이 조금 전에 보니까 일행도 있는 것으로 미루어 어쩌면 지곤은 남경성에 아예 거점을 마련해 두고 있는지도 모르는 일이다.

아니, 지곤이 아니라 남궁세가나 다른 삼대세가도 이곳에 들어왔을 수도 있다.

모용군은 첫 번째 주루 입구로 걸어가다가 멈추고 잠시 망설였다.

이 일을 지금 당장 상부에 보고할 것인가, 조금 더 알아볼 것인가 하는 것 때문이다.

지금 그가 보고를 하러 천검신궁으로 달려가면 그사이에 지곤을 놓쳐 버리게 된다.

'그럴 수는 없다. 최소한 놈들의 거점이 어디인지 정도는 알아낸 후에 보고를 하자.'

그가 다시 걸음을 옮겨 첫 번째 주루로 걸어가려고 할 때 그의 뒤쪽으로 한 무리의 무인들이 스쳐 지나갔다.

하지만 뒤통수에 눈이 달리지 않은 모용군은 그들 무리를 발견하지 못했다.

그들 무리는 열한 명으로 이루어졌으며, 열 명이 한 명을 호위하고 있는 듯한 광경이었다.

그들은 다름 아닌 삼황자 주명옥을, 사복을 입은 다섯 명의 황궁고수와 다섯 명의 천휘군 고수가 엄밀히 호위하고 있는 것이다.

주명옥은 내일이면 자신이 다스리게 될 백성들이 평소에

어떻게 살고 있는지 그 모습을 눈으로 보고 싶어서 태문주에게 허락을 받아 남경성으로 나온 것이다.
 주명옥은 눈에 띄는 모든 광경들이 신기한 듯 연신 주위를 두리번거리면서 멀어져 갔다.

 [저기, 주명옥이다.]
 방금 모용군이 들어간 주루 바로 옆의 주루, 그러니까 두 번째 주루의 이층 창가에서 거리를 내려다보던 여섯 명의 장한 중에서 한 명이 전음으로 말했다.
 [가자.]
 그들은 주문한 요리가 나오기도 전에 서둘러서 주루를 나와 주명옥 뒤를 멀찍이에서 미행하기 시작했다.
 다섯 호흡쯤 지났을 때 첫 번째 주루에서 모용군이 나와 이번에는 두 번째 주루로 들어갔다.
 주루 안의 일층을 둘러보다가 지곤이나 그 일행은 보이지 않자 곧장 이층으로 올라갔다.
 모용군은 계단 꼭대기에서 실내를 둘러보았으나 이층에도 지곤은 없었다.
 그가 막 계단을 내려가려고 할 때 누군가의 목소리가 크게 들려왔다.
 "아니, 뭐야? 여기 손님들 어디 간 거지?"

모용군이 쳐다보자 점소이가 창가의 빈자리 앞에 서서 눈살을 찌푸리며 투덜거리고 있었다.

"이런 제기랄! 주문한 요리를 이미 주방에서 만들고 있는데 말도 없이 가버리면 어쩌자는 거야?"

모용군은 즉시 점소이에게 다가가서 물었다.

"여보게, 사라진 손님이 몇 명이었나?"

"여섯 명이었습니다요."

점소이는 모용군이 은근히 손에 쥐어준 각전 몇 닢을 힐끗 쳐다보며 공손히 대답했다.

"무기를 휴대하고 있던가?"

"그렇습니다. 여섯 명 모두 검을 메고 있었는뎁쇼."

"혹시 그중에 눈매가 날카롭게 찢어지고 턱이 뾰족한 사람이 없던가?"

점소이는 갸웃거리다가 고개를 끄덕였다.

"있었습니다. 다른 사람들이 공손하게 행동하는 것을 보니 그 사람이 우두머리인 것 같았습니다."

모용군은 더 들어볼 것도 없이 쏜살같이 주루 밖으로 달려나갔다.

한 여자가 천검신궁 내 원앙루에서 나와 길게 뻗은 운교를 총총히 걸어가고 있다.

삼십대 중반의 나이에 퉁퉁한 체구를 지닌 후덕해 보이는 여인네다.

 그녀는 등에 바랑 하나를 멨고, 품에는 빨래거리인 듯한 보따리를 안고 있는 모습이다.

 등에 멘 바랑의 입구가 반쯤 열려 있는데 그 사이로 헝겊에 싼 떡이며 고깃덩이가 보였다.

 그런데 웬일인지 초겨울의 쌀쌀한 날씨에도 여인의 넙데데한 얼굴에는 땀이 송골송골 맺혀 있다. 또한 초조한 기색이 역력했다.

 평소에는 아무렇지도 않게 보이던 운교가 지금은 왜 이렇게 길게만 느껴지는 것인지 여인은 오금이 저려 걸음걸이마저도 불안해 보였다.

 '침착해라. 침착해야 한다. 조맹(趙萌)아…….'
 여인 조맹은 입속으로 그 말을 수없이 반복했다.

 그녀는 벌써 반년 넘게 원앙루의 다섯 아이의 유모 노릇을 해왔기 때문에 원앙루나 천검신궁을 왕래하는 것은 아무도 의심을 하지 않는다.

 그녀는 어기적거리면서 걷고 있는 자신의 발을 내려다보면서 속으로 중얼거렸다.

 '이러다가는 나 때문에 일을 망치게 된다. 나만 태연하면 아무도 날 의심하지 않을 텐데…….'

그녀는 이 일을 무사히 끝내면 얻게 될 제남성 서쪽의 기름진 십만 평의 전답과 제남성 번화가의 장원 한 채를 마음속으로 떠올렸다.

'어렵지 않아. 하관 포구까지 가서 물건을 넘겨주기만 하면 끝나는 일이야. 그럼 우린 부자가 되는 거야.'

그녀는 스스로에게 자기최면을 걸듯이 계속해서 속으로 중얼거렸다.

과연 그것이 효과가 있었는지 그녀가 운교를 다 건널 즈음에는 긴장이 많이 풀려서 걸음걸이가 한결 나아졌다.

천검신궁 내에는 호위를 서는 고수들이 없다. 대신 어디에선가 지켜보는 날카로운 눈들이 많다.

하지만 여인 조맹은 그 사실을 모르고 있다. 그래서 자기최면만으로 긴장을 극복할 수 있었던 것이다.

만약 그런 사실을 알고 있었다면 그녀는 죽으면 죽었지 이 일을 하려고 들지 않았을 것이다.

천검신궁이 어째서 용담호혈로 불리는지 그녀로서는 모르는 것이 약이다.

그녀는 내성인 천검신궁에서 외성으로 나가는 성문을 지키는 고수 두 명만 통과하면 된다고 생각했다. 일단 외성으로 나가기만 하면 만사형통이다.

천검신궁은 절간처럼 조용하고 오가는 사람들도 거의 없

지만 외성은 다르다.

외성에는 천검신문 휘하 고수들과 가족들 수만 명이 거주하고 있기 때문에 여느 번화한 성내를 연상하게 한다.

그리고 외성을 출입하는 성문은 언제나 많은 사람들이 왕래하고 있어서 그들 속에 섞여 버리면 눈곱만큼도 염려할 것이 없다.

그녀의 그런 단순한 생각이 오히려 도움을 주었다.

조맹이 외성으로 통하는 성문으로 가까이 다가가자 성문을 지키고 있는 두 명의 고수가 빙그레 미소를 지었다. 그녀가 누군지 잘 알고 있다는 친근감의 표시다.

"수고하시는군요."

마음이 많이 진정된 조맹은 두 명의 고수에게 미소를 지어 보이며 말을 걸었다.

"웬 땀을 그리 흘리는 게요?"

고수 한 명이 웃으면서 아는 체를 했다.

조맹은 걸음을 멈추고 소매로 얼굴의 땀을 닦고 나서 도섭스럽게 웃었다.

"오호홋! 그것이 나처럼 뚱뚱한 여자의 비극이라오!"

그녀는 웃음의 여운을 남기면서 성문을 통과했다.

"잠깐 멈추시오."

"……."

그때 뒤에서 고수의 묵직한 목소리가 조맹의 목덜미를 와락 낚아챘다.

순간 조맹은 두 다리에 힘이 쭉 빠져서 당장에라도 주저앉을 것만 같은 심정이 됐다.

그녀가 메고 있는 바랑 안에는 십만 평 전답과 장원 한 채와 바꿀 물건이 들어 있다.

의심을 사지 않으려고 봇짐의 입구를 절반쯤 열어놓고 떡이랑 먹을거리를 올려놨는데 오히려 그것 때문에 들킨 것 같았다. 그것이 아니고는 고수가 조맹을 부를 일이 없었다.

조맹은 돌아서지도 못하고 그 자리에 멈춰서 비지땀만 흘리고 있을 뿐이다.

저벅저벅…….

그녀에게 걸어오는 고수의 발자국 소리가 저승사자의 그것 같아서 그녀는 눈앞이 아득해졌다.

십만 평 전답과 장원 한 채는 고사하고 이제 자신은 물론 남편과 자식들까지 다 붙잡혀서 죽게 생겼다.

왜 이 일을 하겠다고 승낙을 한 것인지 후회가 막급했다. 남편을 다시 만날 기회가 생긴다면 모가지를 물어뜯어 버리고 싶은 마음뿐이다.

턱!

"떡을 흘리고 다니면 어쩌오?"

"……."

가까이 다가온 고수가 봇짐 입구를 열고 무엇인가를 얹어주며 태연하게 말했다.

그런데도 조맹은 아무 말도 하지 못하고 꼼짝도 못한 채 얼어붙어 있을 뿐이다.

게다가 고수는 봇짐 입구를 꼭 묶어주는 친절까지 베풀고 제자리로 돌아갔다.

조맹은 그 자리에 잠시 더 서 있다가 이윽고 비틀거리면서 걸음을 옮겼다.

걸어가는 그녀의 맞은편에서 한 명의 아름다운 여자가 마주 걸어오고 있었다.

하지만 조맹은 넋이 거의 나가 있는 상태이기 때문에 다가오는 여자에게는 신경도 쓰지 못했다.

허리를 꼿꼿하게 편 채 걷고 있는 우지화는 가까이 다가오고 있는 뚱뚱한 여자를 힐끗 쳐다보았다.

무슨 일인지 뚱뚱한 여자는 비 오듯이 땀을 흘리고 있는데 안색이 백지장처럼 해쓱했다.

우지화는 조금 이상한 생각이 들었으나 깊이 생각하지 않고 여자에게서 시선을 거두었다.

뚱뚱한 여자가 성문을 통과한 것을 보면 천검신궁에서 일하는 시녀나 숙수일 것이라고 생각했다.

애타는 모정(母情) 305

막 뚱뚱한 여자를 지나친 우지화는 걸음을 멈추고 그녀를 돌아보았다.

뚱뚱한 여자가 등에 메고 있는 바랑 안에서 작은 숨소리를 감지한 것이다.

우지화는 바랑 안에 어린 아기가 한 명 들어 있을 것이라고 짐작했다.

하지만 그것 역시 그녀가 참견할 일은 아니다. 일터에 아기를 데리고 왔다가 돌아가는 길이려니 생각했다.

우지화가 다시 걸음을 옮겨 성문으로 다가가자 바짝 기합이 든 두 명의 고수가 공손히 허리를 굽혔다.

"천강군주를 뵈옵니다."

그때까지도 정신을 차리지 못한 조맹은 멍한 얼굴로 외성 성문을 향해 부지런히 걸어갔다.

천검신궁에 들어선 우지화는 한동안 걷다가 우측으로 보이는 원앙루를 슬쩍 바라보았다.

문득 아주 흐릿하게 그녀의 눈에 아련한 부러움이 살포시 떠올랐다가 스러졌다.

우지화도 여자다. 천검육신위의 한 명이며 취봉문주인 동시에 천검오군의 천강군주라는 엄청난 신분이지만, 그에 앞서 한 사람의 여자이기도 하다.

그녀는 지난 오 년여 동안 오로지 한 남자만 바라보고 살아왔다.

그녀의 주군인 태문주 기개세다.

우지화는 줄곧 기개세를 사랑했었다. 그렇다고 순전히 남녀 간의 그런 사랑만이 아니다.

여자의 마음으로 남자인 기개세를 마음에 품는 일면도 있기는 했다.

하지만 그보다는 수하로서 주군에게 갖는 애정과 존경심, 충성심이 훨씬 더 컸다.

지금 그녀가 바라보고 있는 저 원앙루에는 기개세의 다섯 여자가 행복하게 살아가고 있다.

그녀는 이따금 이곳을 지나갈 때마다 자신도 그녀들 중에 한 명이었으면 얼마나 좋을까 하고 생각하다가 쓴웃음을 짓곤 했었다.

이제 우지화의 나이는 서른한 살이다. 여자로서의 황금기를 주군에게 다 바치고 퇴물이 되어가고 있는 중이다.

그녀도 단란한 가정을 꾸미고 싶다. 천검사영의 여자들하고는 달리 천검신문의 다른 수하들은 혼인을 할 수 있다.

그러므로 그녀도 종종 혼인에 대해서 진지하게 생각을 해본 적이 있었다.

그러나 그녀의 마음에 쏙 드는 남자가 없다는 결정적인 문제가 있었다.

기개세라는 완벽한 남자만 바라보고 있었더니 웬만한 남자는 눈에 차지도 않게 된 것이다.

우지화는 원앙루에서 시선을 거두고 계속 길을 걸어갔다.

기개세가 천검신문 핵심간부들을 소집했기 때문에 그곳으로 가는 길이다.

이런 일은 흔하지 않다. 그래서 우지화는 기개세가 마침내 울제국에 대한 전면공격을 선포하려는 것이 아닌가 하고 짐작했다.

얼마쯤 걸었을까, 우지화는 문득 뒤에서 인기척을 느끼고 뒤돌아보았다.

건장한 체구의 사내가 뒤따라오다가 그녀가 뒤돌아보자 뚝 걸음을 멈추었다.

"신효, 무슨 일이지?"

우지화는 미소를 지으며 부드러운 목소리로 물었다.

뒤따라오다가 멈춘 사내 나신효는 머쓱한 표정을 지으면서 대답했다.

"주군의 부름으로 천검각에 가는 길입니다."

"아… 그렇지?"

우지화는 깜빡했다는 듯 손바닥으로 자신의 이마를 짚으며 탄성을 터뜨렸다.

기개세가 천검신문 핵심간부들을 소집해서 자신도 가는

길이면서 나신효에게 무슨 일이냐고 물은 것이다.

두 사람은 천검각을 향해 나란히 걷기 시작했다.

우지화는 골똘히 생각에 잠긴 채 걷다가 나신효에게 무엇을 물어보려고 그를 쳐다보았다.

그런데 나신효가 자신을 빤히 바라보고 있다가 급히 외면하는 것을 발견했다.

뭔가 조금 이상했으나 우지화는 그냥 앞을 보고 계속 걸었다. 그에게 무얼 물어보려고 했던 것도 관뒀다.

그런데 나신효가 쳐다보고 있었다는 것이 자꾸만 마음에 걸렸다.

왜 쳐다봤는지도 궁금했다. 지금 생각하니까 그의 표정도 좀 이상한 것 같았다.

그래서 다시 그를 쳐다봤더니 이번에도 그가 자신을 빤히 바라보고 있다가 당황해서 얼른 외면을 하는 것이 아닌가.

"신효, 무슨 할 말 있어?"

"아… 아닙니다. 없습니다."

"그런데 왜 그렇게 쳐다보는 거지?"

"그냥……."

"그냥?"

우지화는 걸음을 멈추었다. 방금 전까지만 해도 별일 아니겠지, 라고 여겼는데 조금씩 별일이 되어가고 있는 것이 느껴졌다.

나신효는 우지화보다 두 살 위인 서른세 살이다. 그렇지만 나신효는 그녀를 깍듯하게 윗사람으로 대우한다.

그녀가 부친과 같은 배분이기 때문이다. 그렇기 때문에 우지화도 자신보다 나이가 많은 나신효에게 아무렇지도 않게 하대를 할 수 있는 것이다.

우지화는 짐짓 정색을 하고 다시 물었다.

"솔직하게 대답해. 아니면 혼날 줄 알아."

나신효는 움찔하더니 머뭇거리면서 겨우 대답했다.

"너… 무 예뻐서 쳐다봤… 습니다."

"누가?"

"문주가······."

"나? 내가?"

"네······."

우지화의 얼굴 가득 어이없다는 표정이 떠올랐다. 그러다가 그녀는 곧 나신효가 장난을 하는 것이라고 생각했다.

어렸을 때, 우지화와 나신효는 마치 오누이처럼 정답게 지냈던 시절이 있었다.

그러나 두 사람은 철이 들기도 전에 각자의 길을 가기 위해서 문파에서 두문불출하며 무공연마에 돌입했었고, 그때부터는 오랫동안 서로 만날 일이 없었다.

그러다가 오 년여 전에 기개세가 출현하면서 천검사호문을 소집해서 다시 만나게 된 것이다.

"너……."

우지화는 나신효를 꾸짖으려다가 그가 매우 진지한 표정과 뜨거운 눈빛으로 자신을 빤히 주시하고 있는 것을 발견하고 흠칫 놀랐다.

'뭐야? 저 표정과 눈빛은…….'

그런데 우지화의 얼굴이 갑자기 화끈 달아올랐다. 그리고 생전 처음 느끼는 기분에 사로잡혔다.

수줍음이다.

"아앗!"

그때 어디선가 날카로운 비명이 들려왔다.

우지화와 나신효는 즉시 원앙루를 쳐다보았다. 비명은 그곳에서 들려오고 있었다.

"아악! 용아!"

"아기가… 용아가 사라졌어!"

원앙루 칠층에서 여자들의 처절한 비명 소리가 마구 터져 나왔다.

그때 칠층의 어느 창문이 왈칵 열리고 소랑이 밖을 내다보며 재빨리 주위를 살폈다.

우지화가 소랑을 보며 급히 물었다.

"무슨 일인가요?"

눈물범벅이 된 소랑이 울부짖었다.

"으흐흑! 우리 모두 낮잠을 자고 있었는데… 아기들은 다른 방에서 유모들이 낮잠을 재웠는데… 깨어나 보니까 용이가 사라졌어요! 어떻게 하면 좋아요?"

원앙루의 사람들은 점심 식사를 하고 난 후에 짧게는 반 시진, 길면 한 시진 정도 오수(午睡)를 즐긴다.

원앙루 안팎에서 호위를 서는 고수들을 제외한 모든 사람들이 그 시간 동안 잠을 잔다.

아기 기무룡(氣武龍)이 그 사이에 사라진 것이다.

순간 번쩍! 하고 우지화의 뇌리를 스치는 무엇이 있다. 아까 외성에서 천검신궁으로 들어오다가 마주쳤던 뚱뚱한 여인이 떠올랐다.

그때 그녀는 여인이 메고 있는 바랑에서 어린 아기의 숨소리를 감지했었다.

"신효, 따라와라!"

순간 우지화는 왔던 길을 나는 듯이 쏘아가며 외쳤다.

나신효는 흠칫 했지만 즉시 그녀의 뒤를 따랐다.

우지화는 외성으로 나가는 성문을 통과하면서 고수들에게 명령했다.

"모든 성문을 즉시 닫으라고 해라! 당장!"

그녀와 나신효가 아까 마주쳤던 여인이 간 방향으로 전력을 다해서 쏘아가고 있을 때, 천검신궁 내성과 외성 전체를 울리는 다급한 종소리가 터졌다.

땡땡땡땡땡땡땡—!

그그궁—

한쪽의 폭이 삼 장, 높이 오 장인 성문 두 개가 육중한 기계음을 내면서 닫히기 시작했다.

그러자 조금 전에 성문을 나선 사람들이 멈춰서 놀란 얼굴로 뒤돌아보았다.

그들 속에는 바랑을 메고 있는 여인 조맹도 섞여 있었다.

그녀는 누구보다도 놀란 얼굴로 성문을 바라보았다. 갑자기 불길함이 엄습했다.

왜 시간도 되지 않았는데 갑자기 성문이 닫히는 것인지 알 수 있을 것 같았다.

'발… 각됐나 봐…….'

쿠쿵!

묵직한 소리를 내면서 성문이 굳게 닫혔다.

조맹은 언제부턴가 뒷걸음질 치고 있었다. 그러다가 그녀는 몸을 돌려 미친 듯이 달렸다.

성문이 닫히고 나면 그다음에는 성문을 나선 사람들을 모조리 잡아들일지 모른다. 아니, 필경 그럴 것이다.

포구에 도착한 조맹은 막 출발하려고 하는 배에 가까스로 올라탈 수 있었다.

그녀는 너무 겁이 나서 배에 탄 이후에도 외성 쪽은 한 번도 돌아보지 않았다.

심장이 너무 격렬하게 뛰어서 가슴을 뚫고 밖으로 튀어나올 것만 같았다.

외성의 굳게 닫힌 성문 위로 네 사람이 날아올랐다.

기개세와 아미, 독고비, 우지화다.

기개세가 왼팔로 우지화의 허리를 안았으며, 아미와 독고비는 그의 오른쪽에서 나란히 날고 있다.

네 사람은 외성 성문에서 포구까지 백오십여 장 거리를 한 번도 땅에 내려서지 않고 단번에 날았다.

포구는 막 도착한 배에서 내리는 사람들로 몹시 붐볐다. 하관 포구와 팔괘주의 팔괘포구는 두 척의 도선(渡船)이 교차하면서 사람들을 실어 나른다.

기개세 일행은 포구 상공을 그냥 지나쳐 마주 보이는 하관 포구를 향해 쏘아갔다.

이쪽 팔괘포구에서 하관 포구까지의 거리는 줄잡아 삼백

여 장 이상이다.

 사람들은 지상에서 십오륙 장 높이 허공에서 쏘아가는 네 사람을 발견하지도 못했다.

 사람이 그렇게 높이, 그리고 멀리 날아가리라고는 추호도 생각하지 못하기 때문이다.

 네 사람의 얼굴은 모두 돌처럼 굳어 있었다. 단지 독고비만이 비 오듯이 눈물을 흘렸다.

 조맹이 바랑 속에 숨겨서 데리고 나간 아기 기무룡은 바로 독고비가 낳은 아들인 것이다.

 아기가 납치되는 시각에 아미와 독고비는 기개세와 함께 천검각에 있었다.

 만약 그녀들이 원앙루에 있었다면 기무룡이 납치되는 일 따위는 벌어지지 않았을 것이다.

 독고비는 지난 일 년 동안 장족의 발전을 했다. 아미와 비교하면 그녀의 거의 칠 성 수준까지 육박하고 있다.

 이제 그녀는 외성 성문 위에서 하관 포구까지 사오백 장 거리를 단숨에 날아갈 정도로 고강해졌다.

 우지화를 데리고 가는 이유는 그녀가 조맹의 얼굴을 알고 있기 때문이다.

 원앙루에는 다섯 명의 유모가 있으며, 아미와 독고비는 그녀들의 얼굴을 잘 알고 있다.

하지만 천검각에 있었기 때문에 어느 유모가 기무룡을 납치했는지는 알 수가 없다.

멀리에서 본 하관 포구는 수많은 사람들로 북적이고 있었다.

기개세는 힐끗 독고비를 쳐다보았다. 그녀는 제정신이 아닌 모습이다.

어느 어미라도 다 그렇겠지만, 그녀의 자식 사랑은 상상을 초월할 정도다. 그러므로 충격 또한 더할 것이다.

기개세의 가슴속에서는 용암이 들끓고 있다. 다섯 아이에 대한 사랑이라면 다섯 여자에 못지않은 그다.

아들이기 때문에 더 예뻐하는 것은 아니다. 다섯 아이 중에서 누가 납치됐더라도 그는 지금처럼 가슴이 찢어지는 심정일 것이다.

그리고 또 한편으로는 도대체 누가 무엇 때문에 자신의 아들을 납치한 것인지 궁금하기 짝이 없었다.

하관 포구 상공에 도착한 네 사람은 지상에 내려서지 않은 상태에서 재빨리 포구와 주변을 살펴보았다.

우지화의 눈동자가 미친 듯이 빠르게 굴렀다. 그러나 잠시 후 그녀의 얼굴에 착잡한 표정이 떠올랐다.

"없어요. 여기엔 그녀의 모습이 보이지 않아요."

독고비의 얼굴이 절망으로 물들었다.

"대가, 어쩌면 좋아요……. 흐흑! 우리 용이를 어쩌면 좋아요……."

그녀의 흐느낌이 아프게 기개세의 가슴을 후벼팠다.

『대사부』 제12권에 계속…

마도협객전

백무진
新무협 판타지 소설

魔道俠客傳

마도(魔道). 난폭하지만 자유로운 하늘.
협객(俠客). 약자를 지키고, 정의를 위해 싸우는 자.

마인(魔人)이면서 마인을 사냥하는 자.
마인으로서 마인을 지키는 자.
그리고… 마인이면서 협(俠)을 지키는 자.

마군지병(魔君之兵) 육마겸(六魔鎌)을 소유.
구룡성(九龍城) 오마(五魔) 중 살마(殺魔)의 후예.
진마(眞魔) 육영마군(六影魔君) 무진!

독보적인 마도협객의 대서사시!

유행이 아닌 자유추구
WWW.chungeoram.com
Book Publishing CHUNGEORAM

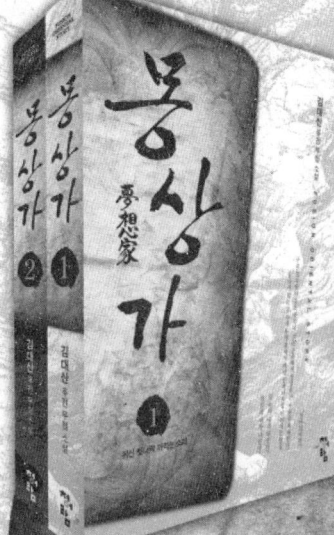

기적
Miracle

홀로선별 퓨전 판타지 소설

무공을 익힐 수 없는 비운의 천재 제갈수.
공작가의 망나니 공자 슈.

운명을 벗어나려는 제갈수의 노력은 망나니 공자의 죽음과 만나 비상한다.
제갈수의 영혼과 슈의 신체를 이어받은 새로운 슈 부르셀라 폰 레비안또 가누비엔
그것은 하나의 위대한 기적!

홀로선별 퓨전 판타지의 신기원!
『기적!』

따뜻한 그의 이야기가 지금 시작된다.

WWW.chungeoram.com
Book Publishing CHUNGEORAM

기적
Miracle

홀로선별 퓨전 판타지 소설

무공을 익힐 수 없는 비운의 천재 제갈수.
공작가의 망나니 공자 슈.

운명을 벗어나려는 제갈수의 노력은 망나니 공자의 죽음과 만나 비상한다.
제갈수의 영혼과 슈의 신체를 이어받은 새로운 슈 부르셀라 폰 레비안또 가누비엔
그것은 하나의 위대한 기적!

홀로선별 퓨전 판타지의 신기원!

『기적!』

따뜻한 그의 이야기가 지금 시작된다.

WWW.chungeoram.com
Book Publishing CHUNGEORAM

KARMA MASTER 카르마 마스터

이상혁 게임 판타지 소설

살아 있다는 것이 무엇인가?

살아 있는 것과 살아 있지 않은 것. 자극을 받는 것과 받지 않는 것.
자극을 받는 그 무엇. 즉, 자아(自我).

형이 개발한 게임, 샹그릴라에서 만난 소녀. 사고로 깊은 잠에 빠진 형을 알고 있는 그녀로
인해 한큐의 게임 인생이 180도 뒤바뀐다!

"한규, 티아메트 만나."

이상혁 작가의 새로운 도전!〈카르마 마스터〉
샹그릴라를 둘러싼 비밀까지 한큐로 날려 버린다!

Book Publishing CHUNGEORAM
유행이 아닌 자유추구 –
WWW.chungeoram.com

Book Publishing CHUNGEORAM

김대산
퓨전 무협 소설

몽상가
夢想家

"살아남아라!"

구르릉!
옥방의 문은 닫히고, 그는 꿈속에서 생명을 건 싸움을 계속한다!

끝나지 않는 꿈속의 투쟁, 꿈에서 깨면 언제나처럼 이어지는 현실.
꿈속의 내가 나인가? 현실의 내가 나인가?

이윽고, 두 개의 삶이 점차 하나가 되고……
그 끝에 기다리는 운명은?!

김대산의 여덟 번째 독특한 세상 〈몽상가〉!
전율로 감싼 꿈과 현실의 김대산류 이야기가 찾아온다!

유행이 아닌 자유추구 -
WWW.chungeoram.com
Book Publishing CHUNGEORAM

婚事行
혼사행

항상 新무협 판타지 소설

용감한 영웅은 싸우다 전장에서 죽었고,
의리를 아는 영웅은 모함을 받아 죽었고,
진짜 영웅다운 영웅은 환멸을 느끼고 강호를 떠났다.

영웅다운 영웅, 무적신검 황조령.
백전백승의 신화를 창조한 무림지존.

그러나…
배필을 찾는 일에는 백전백패자의 불명예를 달성하다!!!

유행이 아닌 자유추구 -
WWW.chungeoram.com
Book Publishing CHUNGEORAM